KB120786

이재무 산문집 쉼표처럼 살고 싶다

1판 1쇄 펴낸날 2019년 10월 31일
지은이 이재무
펴낸이 이재무
사진 이원규
책임편집 박은정
편집·디자인 민성돈, 장덕진
펴낸곳 (주)천년의시작
등록번호 제301-2012-033호
등록일자 2006년 1월 10일
주소 (03132) 서울시 종로구 삼일대로32길 36 운현신화타워 502호
전화 02-723-8668
팩스 02-723-8630
홈페이지 www.poempoem.com
이메일 poemsijak@hanmail.net

ⓒ이재무, 2019, printed in Seoul, Korea

ISBN 978-89-6021-452-1 03810

값 13,000원

쉼표처럼
살고 싶다

이재무   산문 ,

아포리즘

천년의
시작

자서

쉼표로 살고 싶다. 마침표처럼 확신에 차 단정 짓지 않고 쉼표처럼 망설이고 주저하며 살고 싶다. 수식어 다음에 찍혀 쉼표 다음에 오는 첫 번째 체언을 꾸미지 않고 그 뒤에 오는 체언을 꾸미어주듯 삶의 길 에돌아가고 싶다. 산길 오를 때처럼 돌아서, 돌아서 가는 지혜를 살고 싶다. 지난날 나는 쉼표를 생략하거나 쉼표 없는 문장을 선호하며 살았다. 답이 없는 문장을 경멸하였다. 주장이나 의견이 없는 진술을 답답해하고 조소하였다. 나 이제 쉼표처럼 가쁜 숨결 쉬게 하고 가만, 가만히 세계를 음미하며 살고 싶다. 쉼표가 되어 질주를 멈추고 너라는 체언을 돋보이며 살고 싶다.

이재무

차례 ♫

산문 1

© 이원규

애국자
愛國者

"애국심이란 것은 어릴 적에 맛있게 먹었던 것에 대한 사랑에 지나지 않는다."(유종호, 『문학이란 무엇인가』) 이 말에 기대어 나는 어릴 적부터 지금까지 즐겨 먹는 먹을거리들을 두서없이 떠올려본다. 고향 산천에서 주로 구한 재료로 만든 음식들이다.

나는 수수, 담백한 맛의 밀개떡과 씹을수록 소소하게 단맛이 우러나는 수수팥떡과 양푼에 담긴 삶은 감자를 좋아한다. 입천장을 살짝 데운 뒤 목젖을 타고 넘어가는 은근, 구수한 맛의 시래깃국과 까닭 없이 울컥, 옛날이 그리워질 때면 찾게 되는, 얼큰 수제비를 좋아하고 한가하고 적적한 날 소면을 삶아서 우려낸 멸치 국물에 갖은양념을 한, 결연과 장수의 뜻을 지닌 가는 국수 먹는 것을 좋아한다. 적막한 저녁

소반 위에 놓인 들쩍지근한 무밥을 좋아하고 속풀이 해장으로 먹는 올갱잇국과 되직한 된장국과 맵고 칼칼한 칼국수를 콧등에 땀이 송송 돋도록 먹는 것과 동짓날 새알 팥죽 떠먹는 것과 인절미에 곁들여 먹는 살얼음 동동 뜬 동치미를 좋아한다. 조석으로 밥상에 번갈아 올라오는 슴슴한 맛의 나물류와 맵고 얼얼한 탕 종류와 깨끗한 가난을 떠올려주는, 비계를 넣고 끓인 비지를 좋아하고 그리고 산성을 중화시키는 알칼리성을 함유하여 소화와 이뇨 작용의 효과가 좋은 토란국을 좋아한다.

그 밖에 나는 붕어찜을, 데친 호박잎에 싸서 먹는 것과 구운 김을 조선간장에 찍어 먹는 것과 된장을 풀어 민물 새우에 애호박을 썰어 넣고 끓인 민물 새우탕을 혀가 얼얼하도록 떠먹는 것을 좋아한다.

이렇게 좋아하는 것 중에 사시사철 물리지 않고 내가 가장 즐겨 찾는 먹을거리는 시래기를 재료로 한 것들이다. 시래기로 만든 음식에는 소고기나 돼지고기를 다져 넣고 갖은 양념을 하여 기름에 볶은 시래기나물과 시래기를 적당한 길이로 썰어서 된장을 걸러 붓고 쌀을 넣어 쑨 시래기죽과 시래기에 소고기, 된장, 두부 등을 넣고 끓인 시래기찌개와 시래기에 된장을 걸러 붓고 왕멸치를 우려내 끓인 것으로 구수한 맛이 비위를 돋우는 시래깃국이 있다.

나는 시래기에서 인고의 어머니를 떠올리곤 한다. 늦가을 김장을 하고 나면 어머니는 무청을 새끼로 엮어 겨우내 흙벽이나 처마 끝에 매달아 놓았다. 무청은 삼동 내내 얼었다 녹기를 반복하면서 꼬들꼬들 말라간다. 그동안에 밴 습기가 영하의 날씨에 얼면 그 살얼음 속으로 달빛이나 별빛이 스며든다. 한밤중 숲속에서 뛰쳐나온 부엉이 울음소리가 시래기 몸속을 파고들고 강둑을 타 넘고 온 된바람도 깊게, 시래기 안쪽으로 박혀서는 시래기의 일부가 된다. 그렇게 시래기는 한겨울 덕장에 내걸린 명태나 황태, 북어들처럼 배배 꼬이면서 말라간다. 무청이 시래기가 되어가는 과정에서 나는 신산고초를 겪으며 살다 가신 어머니를 떠올리는 것이다. 이렇게 열거하고 보니 나는, 감히, 다소 겸연쩍기는 하지만 나 스스로 어쩔 수 없이 애국자란 생각이 든다.

울림이 없는 추상어로 애국이니 인류애를 부르짖는 이들일수록 나날의 구체적 생활 속에서는 이웃과 타자에 아주 인색한 경우가 많다. 저명인사일수록 귀로 익힌 생활 현장에서의 구체어보다는 눈으로 익힌 개념어를 빌려 인간과 세계

이해에 대해 주장하거나 설파하기를 좋아한다. 그러나 과문한 탓인지 나는 이들이 나날의 생활 속에서 이타적 선행을 베풀었다는 말을 들어보지 못했다. 하물며 애국이랴? 이미지와 실체가 반드시 일치하는 것은 아니다.

돌이켜 보건대 나는 재능과 능력에 비해 분에 넘치는 대접을 받으며 살아왔다. 그동안 사회에 빚진 게 많다. 적수공권으로 올라와 비록 누옥일망정 거처를 마련하였고 아이가 대학 졸업을 앞두기까지 큰 과오 없이 살아왔다. 시난고난 지병을 달고 살지만 아직 옆에는 아내가 있고 날마다 치러내야 할 일들이 날 기다리고 있으니 이만하면 안분지족이라 할 만하다. 애국이란 거창한 구호나 추상의 나열 혹은 고담준론이나 비분강개의 주장에서 비롯되지 않는다. 우리가 어릴 적 먹었던 음식들을 사는 동안 잊지 않고 즐겨 먹는 것, 그리고 실정법과 상식과 평균적 도덕의 테두리 안에서 양심을 지키면서 구체적 일상을 숨 가쁘도록 연명해 내는 것, 그것이 바로 애국하는 일이 아닐까 생각해 본다.

설야
雪夜

눈 내리는 겨울밤 나는 좀처럼 잠을 이루지 못한다. 몸을 빠져나간 잠이 천장에서 나를 물끄러미 내려다보고 있다. 자꾸만 어깃장을 놓는 잠을 달래보지만 요지부동이다. 창밖 사륵사륵 내리는 흰 눈, 눈꽃 화음에 귀가 젖는다. 날이 새면 지붕과 담과 가지마다 가득 열린 눈꽃 음표들을 볼 수 있으리라. 한밤중 내리는 눈은 고양이 발걸음을 닮아 소리가 없다. 밤사이 진주한 침략자처럼 마을을 점령한 눈은 세상이 만든 지도를 순식간에 지워버릴 것이다. 이른 아침 하얀 도화지로 바뀐 흰 눈 위에 참새들은 하늘 아래 가장 깨끗한 상형문자들을 찍으리라. 하지만 이와는 달리 분, 분, 분 내리는 눈이 층, 층, 층 쌓여 길수록 산짐승들은 가혹한 굶주림에 속수무책으로 시달려야 하리.

이부자리를 빠져나와 아파트 베란다에 서서 내리는 눈을 하염없이 바라다본다. 내리는 눈발 사이로 고향 집 뒤꼍 장광이 그림처럼 떠오른다. 들썩들썩 뚜껑을 열고 나가고 싶어 안달하는 간장, 된장, 고추장들을 들여앉혀 어르느라 하얀 모자 쓴 항아리들은 튀어나온 배가 더욱 불룩해져 있다. 마당 한구석에는 갓 태어난 눈사람이 서있다. 눈사람은 눈 내린 날 태어나 우두커니 서서 동심을 활짝 꽃피운다. 꽝꽝 얼어붙은 한밤의 매서운 칼바람에도 단벌옷으로 환하게, 꼿꼿이 서서 기다림의 자세를 보여 준다. 눈사람은 표리가 동일한 사람이다. 눈사람은 저를 만든 이와 저를 물끄러미 바라보는 이의 마음의 심지에 작은 불씨를 지펴놓고 홀연 자취도 없이 사라진다.

이 세상에서 가장 이력이 짧으나 누구보다 추억을 많이
남기는 사람은 세상천지에 눈사람밖에 없다. 퍼붓는 눈발을
바라보고 있으면 나도 몰래 괜스레 가슴이 두근거리고 손끝
이 저릿해 온다. 마음으로 바다가 가득 들어차서 출렁거린
다. 퍼붓는 눈발 삼만 리. 저 눈과 더불어 밤을 도와 서둘러
가야 할 곳이 있는 양 몸 안에 짐승이 들어와 까닭 없이 발바
닥이 뜨거워지고 팔뚝에 피가 솟는다. 몸의 가지에 붉은 꽃
이 피어나는 것이다.

눈 때문에 나는 오래전에 끊었던 흡연 욕구에 시달린다.
주방으로 가서 냉장고를 열어 동치미 그릇을 꺼내 들고 홀
홀 소리 내어 마신다. 까칠까칠한 얼굴을 마른손으로 거푸
쓸어내린다. 창문을 열었다 닫고, 들숨 날숨을 길게 마셨다
내뿜는다.

다시 방으로 들어가 책상 위에 갱지 한 장을 펼쳐놓는다.
생을 반죽했던 물컹물컹한 말들 예컨대 전봇대, 우체국, 신
작로, 오솔길, 철길, 하모니카 등속을 써본다. 내 생에 지문
을 남긴 사물어들이다. 봉해 놓은 서랍을 연다. 몽당연필, 부
러진 양초, 향나무 한 토막, 소인 찍힌 편지 봉투, 미완성 초
고 시편, 쓰다 만 연애편지, 고장 난 손목시계, 촉 없는 만년

필, 녹슨 못, 세금 고지서, 고인 된 선배와 함께 시골 간이역
을 배경 삼아 찍은 흑백사진, 마른 꽃가루 등속 요술 상자인
양 어제가 불쑥불쑥 민얼굴을 내밀어 온다.

험한 잠 자는지 아내의 잠꼬대 소리가 요란하고 건넛방 코
밑 거뭇해진 아들 녀석은 덮어준 이불을 걷어차며 잠이 달기
만 한데 자정 너머의 시간을 새하얗게 덮으며 눈은 내리고,
내려서는 쌓이고 있다. 나는 도통 잠을 이룰 수 없다. 마음의
국경 지대를 배회하며 오래 굶주린 적막이라는 짐승 한 마리
가 북북, 광목 찢듯 하늘 찢는 울음소리 낭자하고 요란하다.

나는 포효하는 짐승을 달래려 카세트를 틀어 송창식의, 대
중에게 그리 많이 알려지지 않은 노래 「밤눈」(소설가 고 최인호
작사)을 듣는다. "한밤중에 눈이 내리네/ 가만히 눈 감고 귀
기울이면/ …(중략)… / 흰 벌판 언덕에 눈 쌓이는 소리/ 당
신은 못 듣는가? 저 흐느낌 소리/ 흰 벌판 언덕에 내 우는 소
리/ …(중략)… / 눈발을 흩이고 옛 얘길 꺼내/ 아직 얼지 않
았거든 들고 오리다/ …(중략)… / 눈 내리는 밤이 이어질수
록/ 한 발짝 두 발짝 멀리도 왔네".

세상에는 이성이나 과학으로 사유할 수 없는 것들도 많다.

인간 존재의 본질적인 문제들이 그렇다. 가령 인간은 왜 사
는가? 인간에게 사랑은 무엇이고 죽음은 무엇인가? 또 삶이
란 무엇이고 운명이란 무엇인가? 등등의 감성과 직결된 문
제들은 결코 과학이나 이성으로 사유할 수 없는 분야들이다.
우리가 노래를 부르고 시를 읽는 이유가 여기에 있다.

삶

모진 겨울 넘기고 나오셨구나

서울역 앞 몸에 좋은 약초 파는 할아버지

그 사이 공손하던 허리가 땅에 더 가까워지셨구나

—이시영, 「삶」 전문

삶이란 무엇인가. 삶을 과학적 개념으로 규정하기란 쉽지 않다. 감정과 생각을 갖고 살아가는, 실존적 존재로서의 인간의 삶을 수치나 물량의 척도로 계량할 수는 없기 때문이다. 또한 스펙트럼이 넓고 변화무쌍한 인간 삶에 대해 누구도 함부로 그 의미를 확정적으로 규정짓거나 정의 내릴 수는 없는 일이다. 따라서 삶의 의미와 가치에 유클리드 기하학 같은 공준을 적용할 수 없으며 절대성과 객관성을 부여할수 없다. 그것은 저마다 타고난 유전적 기질과 주어진 처지와 환경, 살아가면서 얻게 되는 경험의 총체에 따라 달라질 수밖에 없는 상대성과 차이를 지니고 있기 때문이다. 하지만 이러한 삶에서 절대성과 객관성을 벗어날 수 없는 단 하나의 예외적 사실이 있다. 그것은 누구나 태어난 사람은 언젠가 반드시 죽게 된다는 사실이다.

삶은 유한하고 죽음은 영원하다. 이 만고불변의 진리를 누구라서 벗어날 수 있겠는가. 하지만 흔히 생각하는 것처럼 삶이 끝나는 자리에서 죽음이 비롯되는 것은 아니다. 서양에서의 근대적 사유체계인 이원론적 세계관은 삶과 죽음을 분리해 사고하지만 유서 깊은 동양적 사유체계, 즉 일원론적 세계관에 따르면 삶과 죽음은 이분법적으로 나눌 수 있는 대립쌍이 아니다. 노벨문학상 수상자이자 '활과 리라'의 저자, 남미의 작고 시인 옥타비오 파스에 따르면 삶과 죽음은 유기체의 한 몸 안에서 분리할 수 없는 하나의 실체로 존재하고 있다. 삶이 끝나면 죽음도 끝난다. 이것은 우리가 살아감과 동시에 죽어간다는 것을 뜻한다.

그렇다. 우리는 날마나 살아가지만 날마다 죽어가고 있는 것이다. 아무리 첨단 과학이 발달해도 이것만은 부정할 수 없고 물리, 수학에 능한 이라 할지라도 삶에서 죽음을 따로 분리해 내거나 솎아낼 수는 없다. 그것이 가능하다고 주장하는 것은 관념론자들의 말장난에 지나지 않는다. 우리가 살아간다는 것은 나날의 일상 속에서 죽음을 살면서(경험하면서) 시나브로 죽음(자연)에 다가가는 것이라 할 수 있다.

삶의 진실을 도덕학으로 규명하는 일 또한 명쾌하지 않을뿐더러 옳은 일도 아니다. 흔히 알고 있는 것처럼 윤리와 도덕은 동일한 개념이 아니다. "윤리는 공공적 진리를 추구하는 태도를 말하는 것으로서 공공적 실천을 통해서 구현되는 것이라 할 수 있는 반면에 도덕은 개인이 속한 사회의 상규나 관습"(김명인)을 따르는 것이기 때문이다. 이런 까닭으로 윤리와 도덕은 서로 대립하고 갈등할 수 있다. 그가 말의 온전한 의미에서 삶의 진실을 추구하는 이라면 현실 너머를 꿈꾸는 자로서 도덕에 얽매이거나 안주하는 것이 아닌 윤리적 태도와 실천으로 그것을 넘어서야 한다. 그가 속한 사회의 전통과 관습이 낡고 고루하다면 이를 극복할 수 있어야 하기 때문이다.

삶의 진실을 구현하는 데 종교학도 적절치 않기는 마찬가지다. 물론 종교가 인간의 문제를 해결하고 구원의 방편으로 추구될 수는 있다. 하지만 종교는 인간의 제 갈등을 신의 논리로 수렴해 각 개인이 처한 실존적 정황과 세목을 추상화함으로써 삶의 진실을 굴절 또는 왜곡할 가능성을 배제할 수 없다.

서울역은 다종다양한 한국적 삶을 아우르는 총체적인 시적 공간이다. 모진 겨울을 넘기고 나온, 허리가 땅에 더 가까워진 할아버지가 현재를 살아가는 사람들에게 몸에 좋은 약초를 팔고 있다. 죽음이란 땅의 중력에 순응하는 것이다.

그는 언젠가 삶과 함께해 온 죽음을 보내고 영원한 안식처인 자연으로 귀환할 것이다. 하지만 레프 톨스토이의 소설 『이반 일리치의 죽음』에서 주인공이 보이고 있는 죽음에 대한 예민한 자의식과는 달리 시 속 노인은 죽음에 대한 의식이 없다. 시 속의 노인은 삶과 죽음을 분별하지 않는 일원론적 세계를 보여 준다.

우리는 위 단시를 통해 과학과 도덕과 종교가 규명하지 못한 삶의 구체적 진실을 생생하게 실감할 수 있다. 새삼 생각하노니 문학(시)이란, 삶이란 얼마나 넓고도 깊은 것인가.

줄탁
啐啄

　　모과나무 꽃 순이 나무껍질을 열고 나오려고 속에서 입술을 옴질옴질거리는 것을 바라보다 봄이 따뜻한 부리로 톡톡 쪼며 지나간다

　　…(중략)…

　　금이 간 봉오리마다 좁쌀알만 한 몸을 내미는 꽃들 앵두나무 자두나무 산벚나무 꽃들 몸을 비틀며 알에서 깨어 나오는 걸 바라본다

　　시골 교회 낡은 자주색 지붕 위에 세워진 십자가에 저녁 햇살이 몸을 풀고 앉아 온종일 자기가 일한 것을 내려다보고 있다

　　　　　　　　　　　　　　—도종환, 「봄의 줄탁」 부분

선종의 공안집 『벽암록』에는 '줄탁동기'라는 말이 나온다.

어미 닭이 품고 있는 알 속 병아리의 움직임을 알아채고 부화를 돕기 위해 부리로써 알의 껍데기를 쪼아주는 걸 일컫는 말이다. 즉 병아리가 껍질을 쪼는 것을 '줄'이라 하고 어미 닭이 쪼는 것을 '탁'이라 하는데 이것이 함께 이루어져야 부화할 수 있다는 비유에서 나온 고사성어가 '줄탁동기'다. 그런데 이러한 '줄탁동기'가 닭과 병아리의 관계에서만 이루어지는 생명 탄생의 조화이자 감응일까? 이를 좀 더 확대해 생각을 진전시켜 본다면 우주 안에 편재하는 모든 생명체는 방식과 형태만 다를 뿐 근원적 성질은 위와 같은 동일한 원리에 의해 생명을 탄생시키고 진화해 나간다는 것을 알 수 있다.

오랜 가뭄 끝에 단비가 오실 때 수목들은 기척을 미리 알아차려 비가 내리기 직전 가지마다 아주 극미한 물방울을 띄운다고 한다. 비가 내려 자신의 몸속으로 크게 낭비 없이 흡수될 수 있도록 미리 조처를 취하는 것이다. 이 또한 나무와 하늘과 땅의 '줄탁동기'라 이를 만하지 않겠는가.

멀리 남쪽으로부터 "어디 뻘밭 구석이거나/ 썩은 물웅덩이 같은 데를 기웃거리다가/ 한눈 좀 팔고 / 지쳐 나자빠져 있다가/ 다급한 사연 들고 달려간 바람이/ 흔들어 깨우면/

눈 부비며 더디게"(이성부, 「봄」 부분) 오는 봄이 비록 서너 살
짜리 아이의 보폭일망정 꾸준하게 걸어온 탓으로 여기저기
만개한 봄이 존재의 징후를 낳고 있는 중이시다. 봄이 활짝
열린 징후는 여러 가지로 감지될 수 있는 바 우선 조석으로
대하는 바람의 결이 다름을 통해 우리는 그것을 구체적으로
실감할 수 있다. 송아지에게 어미 소가 그러하듯이 바람은
부드러운 혀로 겨우내 딱딱하게 굳어있던 사물의 몸을 핥아
주고 어루만져 준다. 거기에 부쩍 늘어난 봄볕이 가지와 꽃
에 플러그를 꽂거나 클릭할 때마다 깜짝깜짝 이파리가 돋고
꽃들이 피어난다. 우리 몸도 덩달아 새잎이 움트는지 까닭
없이 설레고 흥분이 이는 것을 느낄 수 있다. 뜰에는 햇살이
고봉으로 쌓이고 들판은 초록이 불처럼 일어, 가랑비라도 가
랑가랑 내리게 되면 기름을 만난 불이 그러하듯이 더욱 기
세 좋게 활활 번지어간다(겨우내 해져 군데군데 틈새가 보이는 대지
를 초록은 꼼꼼하게 바느질하여 꿰매 놓는다). 또한 산 이곳저곳에 빨
강, 분홍, 노랑 등속의 꽃불이 한 점 연기도 없이 타오르기
도 한다. 이러한 봄날에는 가려움증 도진 밭이 하릴없이 풀
풀 먼지를 날려대기 일쑤다. 눈이 밝은 농부라면 그걸 알고
허청에서 잠자는 갈퀴를 깨어 들고 밭에 들어가 각질이 이는
땅의 신체 기관들을 고루고루 긁어주어 가려움을 시원하게
해소시킬 줄 안다. 이른바 지심을 북돋아 주는 것이다. 봄밭

과 농부 사이를 '줄탁동기'라 일러 무방할 것이다.

　이같이 봄이 무르익어서 가지 밖으로 이파리와 꽃들이 얼굴을 내밀어 올 때도 '줄탁동기'가 있다. 가지 안에서 바깥으로의 출가를 꿈꾸던 이파리나 꽃들이 자신들의 부리(촉)로 안에서 수피를 쪼아대면 바깥에서도 어미 닭이 그러하듯이 햇살의 부리가 그곳을 쪼아 한 생명인 연초록과 꽃들이 태어나는 것을 돕는다. 그렇다. 무릇 목숨 찬 것들은 속속들이 서로 감지하는 예감이 있는 법이다. 사람도 원래는 그런 능력을 지니고 살았다. 가령 아이의 기척을 그 누구보다 예민하게 알아채는 어미의 마음에서 혹은 연인들 간 심심상인으로 느끼는 교감과 공유의 경험에서 우리는 그것이 이루어지는 경우를 보게 된다. 하지만 이러한 경우를 제하고는 대부분 우리는 타고난 본래 감성을 잃고, 진화가 아닌 퇴화로서의 삶을 살아가고 있으니 이 어찌 애석지 않으랴.

항아리와
감자꽃과
경운기와
나무 의자

시골 빈집 뒤꼍 장광에는 금이 간 항아리들이 남아있다. 항아리 속 바닥에는 사흘 전 다녀간 빗물이 남아 찔끔찔끔 눈물처럼 반짝이고 있다. 항아리 속으로 산그늘이 고여있고 뻐꾸기 울음소리 서너 가닥도 처연히 앉아있다. 낮에는 구름이 들어와 빗물에 살짝 입을 축였다 가고, 밤중에는 달빛이 그렁그렁 비치고, 새벽에는 항아리 입구 거미가 얼키설키 쳐놓은 줄에 맺힌 이슬방울마다 별빛이 걸려 창백하게 파닥거리기도 한다.

금이 가서 버려진 항아리들을 자연이 유용하게 쓰고 있다. 한때 저 항아리들은 생활을 위해 아주 요긴하게 사용된 적이 있다. 철마다 간장, 고추장, 된장과 온갖 절임류를 번갈아 담기도 했다. 장광 위 항아리들은 가난한 생활에 얼마나 귀한

살림 밑천이었던가. 그런 항아리들이 식구들 부주의로 금이
가고 깨져 버린 다음에 저렇게 함부로 버려져서는 지난 세월
이나 되새김하고 있는 것이다.

눈부신 5월 시골집 텃밭에 핀 자주색 흰색 감자꽃을 바라
보자니 권태응의 동시가 절로 떠오른다. "자주색 감자꽃은
캐보나 마나 자주 감자/ 흰색 감자꽃은 캐보나 마나 하얀 감
자". 이 동시에서 우리는 현실 경험을 재확인하는 즐거움을
맛볼 수 있다. 미상불 미풍에 흔들리는 감자꽃은 아름답다.
그런데 눈에 호사를 안겨 주는 감자꽃을 아낙이 마구 따내고
있다. 감자는 뿌리 식물이라서 꽃이 지고 나서 열매가 열리
긴 하지만 그것이 씨앗이 될 수는 없다. 그래서 감자를 심을
때는 씨앗 대신 따로 씨감자를 땅속에 묻어야 한다. 감자꽃
은 여자로 치면 불임 여성에 해당되는 꽃이다. 아낙이 감자
꽃을 인정사정없이 따내는 이유는 아낙의 모진 성정 때문이
아니다. 감자꽃을 따내지 않으면 땅속 감자알이 잘 들어서지
않을뿐더러 부실해지기 때문이다. 영양분을 꽃에 빼앗기지
않으려고 꽃을 저리 무지막지하게 솎아내고 있는 것이다. 땅
속 감자알의 보다 튼실한 미래와 안위를 위해 기꺼이 희생
을 감수해야 하는 감자꽃의 서러운 울음소리가 들릴 듯하다.

마을 회관 한구석에서 고물상을 기다리며 한 마리 늙고 지친 짐승처럼 쭈그려 앉은, 흙에서 멀어진 적막과 폐허를 본다. 젊어 한때 쟁기가 돼 수만 평의 논 갈아엎을 때마다 무논의 젖은 흙들은 찰랑찰랑 얼마나 진저리 치며 환희에 들떠 바르르 떨어댔던가. 흙에 생을 담가야 더욱 빛나던 몸이 아니었던가. 논일 끝나면 밭일, 밭일 끝나면 읍내 장터에, 잔칫집에, 방앗간에, 예식장에, 초상집에, 공판장에, 면사무소에 등등 부르는 곳이면 가서 제 할 도리 다해 온 그가 아니었던가. 어느 해 눈이 많이 내렸던 겨울밤 멀쩡한 다리 치받고 개울에 빠져 팔다리가 빠지고 어깨와 허리가 크게 상하기도 했던, 돌아보면 파란만장한 노동의, 그 오랜 시간을 에누리 없이 오체투지로 살아온 그는 바람이 저를 다녀갈 때마다 저렇듯 무력하게 검붉은 살비듬이나 쏟아내고 있다. 생각해 보면 몸의 기관들 거듭 갈아 끼우며 겨우겨우 오늘까지 연명해 온 목숨이 아닌가.

정원 뒤뜰에 버려진 나무 의자가 있다. 그 의자는 최근 들어 자주 혼자서 중얼거리는 버릇이 생겼다. 들고양이가 올라타거나 바람이 조금만 세게 불어도 삐걱삐걱 혼잣말을 중얼거리게 된 것이다. 날마다 크고 작은 무게들이 다녀가도 군소리 없이 묵묵히 받쳐주고 안아주던 나무 의자. 그렇게

나 자주 그를 애용하던 식구들은 그러나 이제 아무도 그를 거들떠보지 않는다. 한창때 그는 얼마나 튼실했고 또 과묵했던가.

5월은 가족의 달이다. 나는 지금 시골에 함부로 방치된 채 홀로 살아가는 노인들에 대해 이야기하고 있다. 항아리와 감자꽃은 우리들의 어머니이고, 경운기와 나무 의자는 우리들의 아버지에 해당되는 사물들이다. 사람은 누구나 생로병사를 겪다가 결국 죽음에 이른다. 태어나 평지돌출과 파란만장과 우여곡절과 악전고투를 겪다가 마침내 세상 난바다에 난파선처럼 버려진 채 홀로 외롭게 살아가는, 내리사랑의 주인공들인 우리들의 어머니, 우리들의 아버지들이 남몰래 안으로 삼켜 우는 울음소리를 우리는 듣고도 모른 척 애써 외면하고 살아온 것은 아닌가, 자문해 볼 일이다.

사라진
것들을
위하여

평상이 없다

예비군복과 기저귀가 없다

새댁의 나이아가라 파마가 없다

상추와 풋고추가 없다 줄넘기 소리가 없다

쌍절봉이 없다 시멘트 역기와 통기타가 없다

골목길 멀리 내뱉던 수박씨가 없다

항아리가 없다 항아리 뚜껑 위에 감꽃이 없다

모기장이 없다 모기를 잡던 박수 소리가 없다

모기장을 묶어 매던 돌덩어리 네 개가 없다

고무신이 없다 고무신 속 빗물 한 모금이 없다

안테나가 없다 안테나를 돌리는 작은 손이 없다

잘 나와? 잘 나오냐고? 안마당에 내려놓던 고함이 없다

우리 집은 잘 나오는디, 염장을 지르던 옆집 아저씨의

늘어진 런닝구가 없다 …(중략)…

근데, 이 많은 것들이 언제 내 머릿속에 처박혔나?

—이정록, 「옥상이 논다」 부분

급격한 산업화와 도시화로 인해 우리 생활 주변에서 서서히 사라져가는 것들이 많다. 살다 보면 사라져가는 것들이 불쑥 애틋하게 눈에 밟혀 오는 때가 있다. 그중 생각나는 목록 몇 가지를 순서 없이 떠올려본다. 골목길, 공중전화, 이발소, 정미소 등등. 한때 요긴했으나 지금은 기억에서 멀어진 생활의 세목들이 새록새록 눈에 밟혀 온다.

미로처럼 어지러운 좁은 골목길은 생활에 다소 불편을 초래했지만 얼마나 많은 인정의 꽃을 피웠던가. 키 작은 처마와 처마가 연달아 맞닿아 있어 한낮에도 짙게 그늘이 고여 있던 질척한 골목길. 이쪽 집 창문을 열고 저쪽 집 열린 창문을 향해 갓 쪄낸 고구마나 옥수수, 밀개떡 등을 건네기도 하고, 송이눈이 내리는 겨울밤 술 취한 홀아비의 코 고는 소리가 낮은 블록 담을 넘어가 낯가림 없이 과부댁으로 성큼 걸어 들어가고 가는 비 오는 어느 여름날 저녁 이웃집 고등어 구이 냄새가 배고픈 남매의 공복 위로 스멀스멀 기어오르기도 했던 골목길. 늦은 저녁 나이 어린 누이와 함께 집 앞에 쭈그려 앉은 채 저쪽 끝에서 빈 도시락 주머니를 흔들며 돌아올 어머니를 기다리던 골목길. 새벽마다 두부 장수 방울 소리가 창문을 흔들고, 조간을 돌리는 고학생의 성급한 발자 국 소리가 아침잠을 깨워 흔들어대던 골목길. 백내장 앓아대던 가등 아래 서로 더운 숨을 탐하던 늦은 밤의 연인들 실루엣이며, 이 집 저 집에서 흘러나온, 온갖 소리의 넝쿨들과 온갖 색깔 범벅의 냄새들이 주인 몰래 저희끼리 희희낙락 짝짓기하던 우리 한때의 자궁이었던 그곳, 그 골목길이 시나브로 사라지고 없다.

모던의 상징이었던 공중전화. 뜨겁고 짜고 싱겁고 차갑던 사연들을 분주히 실어 날랐던 공중전화. 멀리서 바라만 보아도 뜻 모를 그리움이 까닭 없이 마음의 우물에 가득 차 출렁이던 공중전화. 영하의 매서운 바람이 부는 추운 겨울 저녁 길게 늘어선 줄이 빨리 줄어들기를 기다리며 언 발을 동동 구르면서 차갑게 식은 청색의 손을 호호 불어대던 추억의 공중전화. 한 시절 시쳇말로 뭇사람들의 시선을 한 몸에 받으며 잘나가던 모던 보이, 모던 걸들이 이제 늙은 창부처럼 누군가 덜커덕 떨어뜨린 마음 한 조각을 허겁지겁 삼키고 있는 공중전화가 우리 시대 낡은 서정시같이 잘 보이지 않거나 후미진 곳에 함부로 방치돼 있다.

"삶이 그대를 속일지라도 슬퍼하거나 노하지 말라"로 시작되는 알렉산드르 푸시킨의 시 「삶」이 무채색 벽면에 걸려 있던 천장 낮은 이발소. 장 프랑수아 밀레의 부부가 기도하는 모습을 그린 그림 〈만종〉이 걸려 있던, 금성 라디오에서 구성진 유행가 가락이 흘러나오던, 국수 내기 장기 놀이가 자주 벌어지던, 늘 서울이 그리운 늙다리 총각들이 무나 참외를 깎아 먹으며 음담패설을 주고받던, 서로 얼굴만 봐도 흥겨운 장삼이사들이 모여 앉아 가뭄 얘기, 조합 빚 얘기, 자꾸만 그리운 서울 얘기 등으로 까닭 없이 흥미진진하던 곳, 정겨운 이발소가 어쩌다 가뭄에 콩 나듯 눈에 띌 뿐 멸종 신세로 전락해 가고 있다. 어찌 이뿐이랴. 정미소, 떡 방앗간, 하꼬방, 연탄구이집, 지하 다방, 작부집 등속 이루 헤아릴 수 없이 많은 추억의 목록들이 이름만 남긴 채 사라졌거나 사라지고 있다. 시편 「옥상이 논다」는 이제 이곳 현실 속에서는 좀처럼 만나기 어려운, 지난 연대의 살가운 풍경이다. 다 해진 런닝구를 입고 염장을 지르던 이웃 아저씨가 간절하게 그리워지는 여름날이다.

달빛
예찬

　"만개한 침묵"이자 "아무런 내용이 없지만/ 고금의 베스트셀러"(문인수, 「달」 부분)인 달처럼 한국인의 생활과 정서에 큰 영향을 끼친 자연 사물은 없을 것이다. 달은 우리의 세시 풍속과 관련이 깊다. 세시 풍속의 기준이 되는 역법인 음력은 달의 주기와 상관성이 있기 때문이다. 농경 체제 사회에서 조상들은 달의 밝기, 크기, 높낮음을 보고 일 년 농사를 미리 점치곤 하였는데, 즉 달빛이 붉으면 가물고 희면 장마가 있을 징조, 북쪽으로 치우치면 두메에 풍년, 남쪽으로 치우치면 바닷가에 풍년이 든다고 하였고, 달빛이 시원찮으면 '달집태우기'를 하여 그 타는 모양을 보고 풍년과 흉년을 점치기도 하였다. 또한 달은 문학예술에서 빼놓을 수 없는 주요 제재와 주제로 차용돼 왔다. 달은 그림과 노래와 시에 등장해 심신이 고달픈 사람들을 위무해 주기도 하였는바 달의

명암을 통해 여백의 미를 보여 준 신윤복 그림은 그 대표적
인 예에 해당한다. 그뿐만 아니라 고대가요인 「정읍사」를 비
롯해 가사, 시조 문학, 동시 등등에도 무수하게 달이 등장하
곤 했다.

© 이원규

　달은 왜 한국인의 생활과 정서에 이토록 밀접한 관련을 맺
고 있는 것일까. 달빛은 모든 것을 비추고, 모든 것은 달빛에
젖는다. 천 개의 강물에 뜨는 것이 달이므로 우리는 물리적
거리와 상관없이 하나의 달을 동시에 우러러볼 수 있다. 달
은 한국인의 우주론, 세계관, 인생관 그리고 생활 습속 등에
걸쳐 매우 큰 의미를 지니고 있다. 달의 주기는 이상하게도
한국인의 생체 리듬과 궁합이 맞는 까닭으로 예부터 사람들
은 외로울 때나 기쁠 때나 자주 하늘의 달을 올려다보았다.

"달의 차고 비는 주기를 삶의 리듬으로 삼았다는 것은 한국
인에게 달의 차고 비는 주기가 그들의 생리적 또는 생물학
적인 삶의 리듬을 결정하기도 하였다는 것을 의미"(『한국민족
문화대백과사전』)한다.

　우리는 오늘날에도 달을 보고 멀리 떨어져 있는 임을 그리
워하고 달을 보고 소원을 빌기도 한다. 달의 둥근 형상은 광
명과 원융을 상징하고 원만과 구족을 암시한다. 달은 태양과
다르게 뜨겁지 않고 은은하며 부드럽다. 또한 밝음과 어둠
을 동시에 품고 있는 까닭으로 신비적 상상력을 불러일으키
기도 한다. '희부옇다' '어슴푸레하다' 같은 형용사는 달빛을
두고 쓰는 말이다. 이러한 달빛은 한국인의 심성을 닮았다.

　나는 살아오면서 달에 대한 몇 번의 인상적인, 심미적 체
험을 한 적이 있다. 오래전 시골에서 사나흘 묵을 때의 일이
다. 바깥 볼일을 보러 나갔다가 자정 너머 신작로를 따라 집
으로 걸어오고 있을 때였다. 사나흘 내린 폭설로 사방은 흰
빛 천지였다. 가도 가도 흰빛. 흰빛에 찔려 눈이 시릴 정도
였다. 걷는 동안은 나도 한갓 풍경의 일부일 뿐이었다. 그렇
게 하나의 사물이 되어 다다르니 뒤따르던 달이 어느새 먼
저 집에 당도하여서는 푸르게 출렁대고 있었다. 눈(雪)의 흰

빛에 몸을 문지르며 천연덕스럽게 시치미 딱 떼고 놀고 있는 푸른 달빛이라니. 그는 마당과 뜰방과 마루, 뒤꼍과 헛간과 장광 등지에서 흰빛과 한통속이 되어 보이지 않는 발자국을 여기저기 마구 찍어대고 있었다. 그날 나는 달빛의 숨차하는 소리를 들은 듯도 하다. 달빛 치마폭에 감싸인 세상! 내통하는 것들의 비밀을 엿보는 나도 숨차하기는 마찬가지였다. 나는 지상과 천상의 극적인 합일을 보았던 셈이다. 그 밤 나는 끝내 불을 켜지 못했다. 행여 놀라 달아날까 봐 달빛 모시느라 숨도 크게 쉬지 못했다. 그들의 열애를 앓아대는 신음으로 날이 부옇게 밝아오도록 잠을 이룰 수가 없었던 것이다. 뒷산에서는 생각난 듯 설해목의 비명 소리가 들려오기도 하였다. 또 한 번은 한여름 밤 시골길을 걷다가 앞산 중턱을 은륜 굴리며 오르고 있는 달의 살찐 궁둥이가 어찌나 탐스러운지 나도 모르게 손 뻗어 더듬고 있었는데 그때 사방팔방에서 갑자기 수확철 도리깨질에 쏟아져 내리던 깨알 웃음소리가 까르르 들려왔다. 깜짝 놀라서 올려다보니 창공에 총총총 떠있는 별빛들이 호기심 어린 눈빛을 반짝반짝 빛내고 있었다. 일찍이 달처럼 시청률이 높았던 사물이 있었던가. 나는 가슴 설레는 날에도, 마음 분주한 날에도 달빛 마중 나가는 버릇이 있다.

바퀴의
진화

속도란 마약과도 같은 것

망가지고 부서져 저렇듯 버려져서야

실감되는 무형의 폭력인 것이다

가속의 쾌감에 전율했던 날들은 짧고

길고 지루한 남루의 시간 견디는

그대 생의 종착

—졸시 「공터 3」 전문

바퀴의 기원은 어디에서 비롯된 것일까. 고고학자들에 따
르면 오늘날 바퀴의 형태는 기원전 2000년쯤 전쟁을 치르기
위한 수단으로 발명된 전차에서 비롯된 것이라 한다. 물론
전차는 평화 시에 짐의 운반용으로도 사용됐다.

바퀴의 진화 과정을 생각해 본다. 운반용 수레에서 리어카 바퀴로, 달구지 바퀴에서 자전거 바퀴로, 경운기 트랙터 바퀴에서 버스, 승용차, 기차, 비행기 바퀴로 진화를 거듭해 온 바퀴들을 떠올리다 보면 왜 난데없이 불쑥 바퀴벌레가 생각나는 것일까. 바퀴와 바퀴벌레는 무서운 속도로 번식한다는 점에서 서로 닮았다. 바퀴에서 바퀴벌레가 떠오른 것은 바로 이러한 연상 작용 때문이리라. 바퀴는 더 빠른 바퀴를 낳고 또 낳다가 마침내 생활을 지배하는 왕이 됐다.

그늘이 졸졸졸 흘러와 고이는 공터 한구석에 함부로 널브러진 폐타이어를 본다. 그도 한때는 마약 같은 속도의 중력에 몸을 맡긴 채 질주의 쾌감으로 전율한 적이 있을 것이다. 그러나 뒤질세라 속도 경쟁에 골몰하는 동안 거죽이 긁히고, 찢기고, 펑크 나고, 몇 번의 땜질 끝에 바퀴로서의 생을 마감하게 됐을 것이다.

직선을 고집하고 선호하는 둥근 바퀴들은 태어날 때부터 이미 그 운명이 정해져 있다. 공장에서는 날마다 탄력 좋은, 새로운 바퀴들이 태어나 도로로 겁도 없이 마구 쏟아져 나온다. 낡고 오래된 바퀴들은 새로운 바퀴들과의 속도 경쟁에서 밀리고 뒤처지다가 어느 날 버려진 존재가 되어 저렇듯 추레하게 최후를 맞이하게 되는 것이다.

   둥근 형상의 바퀴들은 직선을 선호한다. 진화하는 바퀴들은 길의 형태와 유전자를 바꾸어놓는다. 곡선의 완만한 길들이 직선으로 바뀌면서 본래의 온순한 성정을 잃어버린 것이다. 직선의 길들은 걸핏하면 벌컥 화를 내며 신경질을 부리고 뱀의 등껍질 같은 무표정한 태도로, 그러나 안쪽에 다혈을 감춘 채 달리는 바퀴에 채찍을 더하고 있다(아니, 본래는 바퀴가 달리는 아스팔트에 채찍을 가하는 것이리라).

   한밤중 누워있던 검은 아스팔트가 벌떡 일어나 먹잇감을 찾아 나선다. 아스팔트는 무한 식욕의 왕이다. 육식을 주식으로 삼는 아스팔트는 벌게진 눈으로 낮밤을 가리지 않고 먹이 대상을 물색하고 있다. 콜타르를 칠한 벽처럼 빗물에 번들거리는 몸으로 먹을수록 더욱 허기증에 시달리는 아스팔트. 아스팔트의 허기가 인접한 산을 향해 컹, 컹, 컹 울부짖는다. 아스팔트는 제 몸을 무두질하며 질주하는 차량들을 혀 안쪽으로 돌돌 말아 삼키고 싶다. 공복이 불러온 뿌연 안개 속 검은 아스팔트가 바퀴를 굴리며 달리고 있다.

   아스팔트 위에 올라탄, 속도의 관성에 몸을 맡긴 맹수들이 무한 경쟁을 벌이고 있다. 재규어와 쿠거, 바이퍼, 머스탱, 스타리온, 갤로퍼, 라이노, 포니, 무쏘들이 달리고 있는 것이다. 꽥꽥, 맹수들이 고함과 비명을 내지르며 달릴 때마다 와들와들 산천초목이 떤다. 산을 빠져나온 야생동물들이 아스팔트를 가로지르다 맹수들의 사나운 발톱과 이빨에 갈가리 찢긴다. 아스팔트 위에 흘린 피가 흥건하다. 피 맛을 본 아스팔트가 미쳐 날뛴다.

인간의 탐욕이 바퀴의 진화를 거듭해 왔다. 바퀴의 진화가 거듭될수록 길의 성정은 더욱 난폭해지고 덩달아 무수한 야생동물과 곤충들이 길 위에 사체로 나뒹굴게 됐다. 우리나라에는 대략 10만km나 되는 도로가 거미줄처럼 얽혀 있다. 그런데도 해마다 새로운 도로가 태어나고 있다. 바퀴의 욕망 때문이다. 야생동물들은 먹이와 물을 구하기 위해 하루에도 몇 차례씩 도로를 넘나든다. 그 길은 본래 야생동물들의 길이었다. 그들의 길을 인간들이 점령해 버린 바람에 야생동물들은 매일 매 순간 생사의 고비를 넘나들어야 한다. 로드킬로 인해 머지않아 야생동물들이 멸종되는 날이 오고야 말 것이다. 나는 바퀴의 신화가 무섭다.

이별은
　미의
창조

가야 할 때가 언제인가를

분명히 알고 가는 이의

뒷모습은 얼마나 아름다운가

봄 한철 격정을 인내한

나의 사랑이 지고 있다

분분한 낙화

결별을 이룩하는 축복에 싸여

지금은 가야 할 때

무성한 녹음과 그리고

머지않아 열매 맺는

가을을 향하여

나의 청춘은 꽃답게 죽는다

헤어지자

섬세한 손길을 흔들며

하롱하롱 꽃잎이 지는 어느 날

나의 사랑, 나의 결별,

샘터에 물 고이듯 성숙하는

내 영혼의 슬픈 눈

—이형기, 「낙화」 전문

 절기처럼 정직한 것이 있을까. 막바지 기승을 부리던 여름 더위도 한풀 꺾이고 조석으로 선선한 바람이 부는 걸 보면 어느새 가을이 성큼 들어섰음을 실감케 한다. 헌 계절이 가고 새 계절이 찾아오고 있는 것이다. 늘 해마다 이맘때면 버릇처럼 하는 말이지만 올여름은 유난히 길고 무더웠다. 어찌 계절뿐이랴.

 그래서 그런지 뒤늦게 찾아온 가을이 여간 반갑지가 않다. 흔히들 가을을 별리의 계절이라고 한다. 물론 이는 계절에 대한 통념으로 사실이나 진리에 부합하지 않는다. 세계나 대상에 대한 의미나 가치는 인식 주체의 내면세계 즉 정서나 경험 등에 의해 굴절되게 마련이어서 사람에 따라서는 가을이라는 대상이 이별이니 조락의 느낌보다는 외려 생동하는 기운과 내용으로 다가올 수도 있기 때문이다. 초가을은 시간의 문이다. 헌 절기가 나가고 새 절기가 들어오는 문턱에서 우리는 감상에 젖기도 하고 새로운 각오를 다지기도 한다.

이제 곧 오곡백과는 자신들이 나고 자란 전답을 떠날 것이고 "초록이 지쳐 단풍"(서정주, 「푸르른 날」 부분)이 들 것이고 과일들이 떠난 과원의 유실수들은 갑자기 늙어갈 것이다. 채운 것들을 비우는 시간 속에서 새롭게 공간이 열릴 것이다. 그렇다. 가을이라는 객관적 실재에 대한 저마다의 느낌과 생각은 저마다의 처지와 입장에 따라 천차만별이겠지만 일반적 범주에서 보면 확실히 가을은 채움보다는 비움 쪽에 가까운 계절이다. 오고 가는 것, 이것은 우주 안에 편재한 사물들의 운명이다. 한 절기가 가고 한 절기가 온다. 만남의 인연이 끝나고 헤어짐의 인연이 시작된다. 회자정리會者定離. 이와 같은 우주의 법칙과 질서에서 누군들 자유로울 수 있겠는가. 하지만 떠난 것은 다시 돌아온다. 떠난 것은 사라지거나 소멸하는 것이 아니다. 그것은 존재의 형태를 바꿔서 돌아온다. 거자필반去者必反. 그러니 떠난 것에 더 이상 미련이나 집착을 가질 필요가 없다. 집착은 인연의 뼈다귀(시간)에 달라붙는 애증의 파리 떼와 같아서 참으로 징그럽고 집요한 데가 있다. 아무리 의식의 손으로 쫓아도 애증의 파리는 시늉뿐 사라지지 않는다. 뼈다귀가 사라져야 파리가 사라진다. 시간만이 지혜의 해결요, 위대한 스승이다. 시간을 믿고 시간에 순응할 수밖에 없다. 떠난 것은 다시 돌아온다는 회귀의 진리를 의심하지 말아야 한다.

이별은 마냥 두렵고 아픈 일인가. 세속의 관점에서 보면 그렇다. 이별은 때로 사람을 심리적 공황 상태에 이르게 한다. 절실한 인연일수록 더욱 그렇다. 하지만 이별이라는 현실태 이면의 진실에 주목한다면 이별이 마냥 회피해야 할 대상만은 아니다. 이별이 없고서야 어찌 더 큰 만남이 있을 수 있겠는가. 이형기 시인의 시구처럼 '가야 할 때를 알고 가는 이의 뒷모습은 얼마나 아름다운가'. 그렇다. 때로 이별은 아름답다. 이별은 더 큰 영혼의 성숙을 가져오기 때문이다. 냇물이 냇가를 고집한다면 강물이 될 수 없고 강물이 끝나야 바다에 이를 수 있다. 헤어져야 더 크게 이를 수 있고 닿을 수 있다. 낙화 뒤에 열매가 생기는 것처럼 헤어져야 더 크게 열리고 만날 수 있는 것이다.

"이별은 미의 창조입니다. …(중략)… 님이여, 이별이 아니라면 나는 눈물에서 죽었다가 웃음에서 다시 살아날 수가 없습니다. 오오 이별이여, 미는 이별의 창조입니다"(한용운, 「이별은 미의 창조」 부분). 만남은 이별 뒤에 오기 때문에 더욱 아름다울 수 있으며, 꽃이 아름다운 것은 고통과 절망을 통과했기 때문이다. 여름이 가고 가을이 오고 있다. 새롭게 만나기 위해 보낼 것은 기꺼이 보내기로 하자. 사물도, 인연도, 시절도!

생활
속의
생명사상

무척 적은 새끼 거미가 이번엔 큰 거미 없어진 곳으로
와서 아물거린다
　　나는 가슴이 메이는 듯하다
　　내 손에 오르기라도 하라고 나는 손을 내어미나 분명히
울고불고할 이 작은 것은 나를 무서우이 달어나 버리며 나
를 서럽게 한다

—백석, 「수라」 부분

　　모름지기 시인이란 한갓 미물에 대하여도 이렇듯 연대와
사랑의 곡진한 감정을 품을 줄 알아야 한다. 즉, 세계와 대상
을 유용성의 차원이 아닌 이해와 공감의 차원인 온정이 마음
자세로 대할 줄 알아야 한다.

나는 차제에 서구 근대화 과정 속에서 미신이라는 이름으로 타파되었던 우리 고유의 생명사상인 애니미즘이 복원되고 부활되어야 한다고 감히 주장한다. 사물에게도 고유한 영혼이 내재해 있다는, 귀한 생각은 사물 일체를 인간의 편의만을 위한 유용한 수단이나 도구가 아닌 저마다의 격을 지닌 각별한 존재로 인식하는 것으로서 마땅히, 우리가 소중하게 받들어 지켜나가야 할 태도라고 여기고 있기 때문이다. 수령이 오래된 나무를 마을의 어른처럼 대하고 섬기는 외경의 태도는 결코 미신이 아니다. 나무에게도 정령이 있다는 생각을 지닌 사람은 결코 나무를 함부로 대하거나 다룰 수가 없다. 어찌 나무뿐이랴. 태양과 달, 흐르는 강과 우뚝 솟은 산, 큰 바위와 깊은 늪에도 신령한 기운이 서려있다는 생각을 지닌 사람은 함부로 자연 사물을 훼손할 수가 없다(이런 측면에서 볼 때 이명박 정부의 4대강 사업은 나라가 생긴 이래 자연 사물에 대한 가장 끔찍한 만행이요, 살상 행위라고 말할 수 있다). 그렇다고 이것이 지나쳐 지난날의 기복 신앙에 갇혀서는 안 될 것이다.

옛날 우리 조상들은 생명 존중 사상을 머리 따로 몸 따로가 아닌, 나날의 평상복으로 껴입고 살아왔다. 가령 겨울에 더운물을 사용한 후 수챗구멍에 들어있는 벌레들이 다치거나 죽을까 봐 곧바로 버리지 않고 식기를 기다려 버린다든

지, 한가위에 송편을 찔 때 송편끼리 달라붙지 않게 하기 위
한 재료로 쓰기 위해 솔잎을 딸 때에도 솔잎이 아플까 봐 그
녀들이 잠들기를 기다려 늦은 저녁에 땄다든지, 벌목꾼들이
베어질 나무들에게 죄스러운 마음으로 제를 지낸다든지, 까
치들의 겨울 양식을 위해 홍시를 야박하게 다 거둬들이지 않
고 얼마간 남겨 두었다든지 등등의 이야기들이 바로 그것
이다. 이처럼 관념이 아닌 생활의 일부가 되었던 생명 존중
사상은 오랫동안 전래되어 온 애니미즘의 영향이 아니었더
라면 가능하지 않았을 것이다. 자연 사물들을, 사람을 대하
듯 영혼을 지닌 존재로 대했기 때문에 예의 조상들의 알뜰,
살뜰한 생명 존중 사상이 생활 속에 온전히 녹아들 수 있었
던 것이다.

모든, 살아있는 생명체들은 자기완성을 위한 진화를 거듭
하고 있다. 최근 식물학자들은 나무들도 나름의 언어가 있다
는 것을 실험과 관찰을 통해 밝혀냈다. 외부로부터의 급작
스러운 위험에 직면한 나무들이 이웃 나무들에게 고유의 성
분을 분출하여 경계 신호를 보낸다는 것을 알아낸 것이다.
사육장의 동물들이나 식물원 꽃들이 고전 음악을 듣고 사
란다는 것은 익히 알려진 이야기이다. 우리가 애써 무시하
고 있지만 지구 안에 편재하는 모든 생물체들은 나름의 감

각과 감성과 혼과 언어를 지니고 깜냥껏 바지런히 살아가고
있는 것이다.

요컨대 사람만이 지구의 주인이자 만물의 영장이라는, 아
주 오랫동안 우리를 지배해 왔던 오만한 고정관념에서 벗어
날 때가 되었다. 모두가 지구 가족의 일원이요 상생, 공생의
존재자들인 것이다.

주지하다시피 서구의 근대적 사유체계는 주체와 타자라
는 이항 대립의 방법론으로 사물과 세계를 인식해 왔다. 그
런데 이러한 폭력적 사고 체계와는 달리 동양사상의 일원론
적 세계관은 '나'가 '너'이고 '너'가 바로 '나'라는 상보와 상
생의 세계관에 기초해 있다.

이 시에서 우리는 자연과 인간이 분리된 존재가 아니라
하나라는 일원론적 세계관의 일단을 읽을 수 있다. 시인은
이론적 체계가 아닌 구체적 일상 체험을 미학으로 재구성하
여, 우리에게 생명 존중 사상을 실물을 대하듯 생생하게 보
여 주고 있다.

가을은
　무서운
계절

　만산홍엽의 계절 가을이 돌아왔다. 세상천지 절기만큼 정직한 것이 어디 있으랴. 지난여름의 성정은 유난스러운 데가 있었다. 어찌나 포악을 떨어대던지 가을이라는 절기가 과연 제때 올 것 같지 않은 불길한 예감마저 없지 않았다. 하지만 성난 맹수처럼 함부로 날뛰며 나날의 일상을 지리멸렬의 안일과 권태로 내몰며 심술궂던 그 여름도 절기 앞에서는 시나브로 꼬리를 내리기 시작하더니 이제 그 흔적조차 찾아보기 힘들다. 확실히 조석으로 불어오는 공기의 탄력은 다르다. 또 상수리알처럼 단단해진 계곡의 물소리를 입안에 넣고 굴리다 보면 이뿌리가 시리고 아리다.

　지난 절기 수피 속에 수성獸性을 들여앉히고는 무섭게 더운 숨을 내뿜던 여름 나무들의 광기가 한결 수그러들었다.

초록의 완주를 마치고 단풍의 사색을 맞이한 가을 나무들은 우리에게 생에 대한 성찰의 한 계기를 마련해 준다. 과장과 수다의 장광설로 한여름을 보내고 긴 침묵의 안거에 들어선 가을 나무들 앞에서 우리는 불현듯이 존재의 고독과 무상을 경험하게 된다. 애써 지은 한 해 결과물들을 지상으로 돌려보내는 저 나무들의 겸허 앞에서 새삼스레 생의 외경을 체험하게 되는 것이다. 누군가 탁한 영혼이 투명해지는 고귀한 시간을 갖게 된다면 그것은 가을 나무들과의 상호 교감, 즉 나무의 교외별전을 그가 심심상인으로 깊이 헤아렸기 때문이리라.

하지만 가을의 나무들이 우리에게 주는 선물이 이것만일까. 단언컨대 아니다. 가을은 야누스의 형상을 하고 우리를 찾아오기 때문이다. 가을은 자의식적 존재인 인간에게 자신을 타자화해 성찰과 분석의 대상으로 삼도록 하는 내적 아이러니를 경험케 하면서도 또 한편으로는 일상적 자아의 식민지로 살아온 내면적 자아를 무책임하게 충동질하기도 한다. 가을은 참혹하게 아름다운 계절이다. 우선 색깔부터가 다르다. 요염하고 화려하고 요란하다. 이러한 가을의 성장 앞에서 우리는 제도적 일상을 벗어나고픈 탈주에의 강렬한 욕망과 일탈 충동을 느끼지 않을 수 없다. 일시적 일탈이 아니라 근원적인 존재의 전이를 꿈꾸게 한다. 하지만 이것은 얼마나 위험한 내적 충동인가. 내 안의 잠든 짐승을 깨우는 일과 다르지 않기 때문이다. 그 짐승이 깨어나면 일상이 불가능해진다. 그러므로 이러한 때 우리는 짐승이 깨어나지 않도록 내 안의 나를 잘 다스리지 않으면 안 된다.

© 이현규

　가을은 인화 물질을 적재한 계절이다. 언제든 계기만 주어지면 불을 지필 수 있다. 가을이 오면 버릇처럼 매사에 신중해지는 것도 이런 이유 때문이다. 가을에 지면 일생을 탕진할 수도 있다는 까닭 없는 불안감이 조성되는 것이니, 이것은 만고의 질병이 아니고 무엇이랴. 그러니 나는 이러한 가을의 양면성을 좋아한다. 나를 조금은 깊게 만들고 나를 조금은 죄로 물들이는 가을은 내게 조강지처이기도 하고 팜 파

탈의 여인이기도 하다. 가을은 예정보다 늦게 와서 예정보다 빨리 떠나는 시골 간이역의 기차처럼 그렇게 순식간에 우리 곁을 다녀간다. 그러나 그 짧은 시간에 그가 남긴 흔적은 적지 않다. 가을이 왔다. 누군가는 간절히 기다렸을 것이고 누군가는 애써 외면하고 싶었을 계절이기도 할 것이다. 가을이 누구에게나 반갑고 설레지는 않을 수도 있겠기 때문이다. 어떤 이에게는 "가을이 쳐들어왔을" 것이고(최승자), 어떤 이에게는 가을이 터벅터벅 걸어왔을 것이고, 또 다른 이에게 가을은 찰랑찰랑 물결처럼 흘러들었을 것이다.

주체 내면의 정서와 경험 등에 의하여 풍경은 굴절되게 마련이므로 가을이라는 절기의 객관적 상태를 우리는 저마다 다르게 받아들일 수밖에 없다. 마음이 젖은 자는 세상 모든 사물이 젖어 보이는 법이다. 내 내면 상태에 따라 가을은 반가운 손님이요, 스승이기도 하겠으나 이와는 다르게 무서운 짐승이요, 요부요, 탕아일 수도 있을 것이다. 가을이 무서운 사람은 오늘 울고 있거나 실패한 사람이다. 가을이 왔다. 우리가 가까스로 보낸 그 모든 추억들이 떼 지어 와서 농성 중인 가을, 슬슬 시비 걸고 싸움을 걸어오는 가을, 이 위대한, 힘센 가을은 번번이 나를 쓰러뜨린다. 하지만 나는 거듭 쓰러지면서 배운다. 슬기로운 생의 낙법을.

죽음에
　　대한
예의

　　　　김천의료원 5인실 302호에 산소마스크를 쓰고 …(중략)…

　　　바닥에 바짝 엎드린 가재미처럼 그녀가 누워있다

　　　나는 그녀의 옆에 나란히 한 마리 가재미로 눕는다

　　　…(중략)…

　　　한쪽 눈이 다른 한쪽 눈으로 옮겨 붙은 야윈 그녀가 운다

　　　그녀는 죽음만을 보고 있고 나는 그녀가 살아온 파랑 같

　　은 날들을 보고 있다

　　　좌우를 흔들며 살던 그녀의 물속 삶을 나는 떠올린다

　　　그녀의 오솔길이며 그 길에 돋아나던 대낮의 뻐꾸기 소

　　리며

　　　가늘은 국수를 싫던 저녁이며 흙담조차 없었넌 그녀 누

　　대의 가계를 떠올린다

　　　…(중략)…

　　그녀의 숨소리가 느릅나무 껍질처럼 점점 거칠어진다

　　나는 그녀가 죽음 바깥의 세상을 볼 수 없다는 것을 안다

　　한쪽 눈이 다른 쪽 눈으로 캄캄하게 쏠려버렸다는 것

　을 안다

—문태준,「가재미」부분

　살아온 날보다 살아갈 날이 더 짧게 남은 나이를 살다 보
니 건강을 화제로 올리는 일이 많아지고 부음을 알리는 소
식도 잦게 날아온다. 그러다 보니 자연 죽음에 관한 생각을
자주 하게 된다.

　밥을 짓기 위해 쌀 푸러 갈 때마다 눈에 띄게 줄어있는 쌀
자루가 예사롭게 보이지 않는다. 달에 한 번 비우는 자루처
럼 삶과 죽음은 심상한 것인지 모른다는 생각이 들기 때문
이다. 자동화된 의식 속에서 기계적 일상의 굴레에 갇혀 살
다 보면 부지불식간 시간의 낱알이 한 알 두 알 시나브로 새
어 나가 어느 날 불쑥 홀쭉해진 자루처럼 생이 바닥을 보일
지 모른다. 운이 나쁘면 한꺼번에 낱알을 쏟아버린 밑 터진
자루처럼 불시에 죽음이 찾아오는지 어찌 알겠는가. '생활은
촛불이다'라는 비유처럼 멀쩡하게 잘 타고 있는 생이 언제
꺼질지 아무도 모르는 일이다. 그렇다. 삶에는 전문가가 없

다. 날마다 쌀알이 줄고, 빈 쌀자루가 늘어가지만 아무도 신이 정해 놓은 길을 바꿀 수는 없다.

  인간은 살기 위해 인간 외의 다른 생물들의 죽음을 편식遍食한다. 냉장고가 생겨난 이래 다국적 죽음들이 심심찮게 식탁에 올라오고 있다. 목소리에 과장을 실어 말하면 우리는 세계인으로서 다국적 죽음을 먹으며 살고 있는 셈이다. 예컨대 아침은 중국산으로 해장을 하고, 점심은 북유럽산으로 배를 채운 뒤 후식으로 동아시아산을 챙겨 먹고, 저녁에는 호주산 안주로 술을 마시고 내일은 일본산과 칠레산이 식탁에 오를 것이다. 다국적 죽음은 어느새 일용할 양식이 돼버렸다. 이렇듯 남의 살(肉), 남의 죽음을 탐하여 '편식偏食'하지 않고 '편식遍食'하는 동안 사람들은 죽음을 심각하게 여기지 않게 됐다.

  죽음이 너무도 흔한 시대가 돼서인지 우리는 죽음에 대한 예의를 잊고 산 지 오래됐다. 무자비한 자본의 횡포는 어찌나 철면피하고 파렴치한지 죽음을 서열화하고 상품화할 뿐이니라 신성시해야 할 죽음조차 주문화하는 경향이 있다. 죽음의 주인공이 누구냐에 따라 죽음은 때로 환금성의 가치로 돌변하기도 한다. 유명인이 유명을 달리할 때마다 언론에서 호들갑스런 과장의 논조를 보이곤 하는 태도 이면에는 추도를 넘어선 불순한 의도(상업성)가 깔려 있는 게 아닌가 하는 혐의를 지울 수 없다. 죽음조차도 교환 가치 아래 놓여 있는 세상이라니. 이 얼마나 끔찍한 일인가.

　물론 모든 죽음이 같은 층위에 놓일 수는 없다. 혈연이나 배우자의 경우와 생판 모르는 타인의 처지를 동일 선상에 놓고 같은 이해를 요구할 수는 없는 일이다. 하지만 그 어떤 경우나 처지라 하더라도 죽음에 대해서 만큼은 예의를 지켜야 하는 것이 인간적 도리가 아닐까 해서 하는 말이다.

　위의 시는 시인의 큰어머니에 대한 기억이 바탕이 되었다 한다. 시에서 가자미의 한쪽으로 몰린 눈은 죽음 바깥의 세상을 볼 수 없게 된, 말기 암 환자의 상태를 뜻하고 아들 가자미가 큰어머니 가자미 옆에 누워있는 것은 같은 눈높이에서 서로를 사랑으로 바라보고 있다는 것을 의미한다. 시적 화자는 그녀 옆에 나란히 누워 그녀가 살아온 파랑 같은 날들을 떠올린다. 좌우를 흔들며 살던 그녀 물속의 삶과 그녀의 오솔길에 돋아나던 대낮의 뻐꾸기 소리며 국수를 삶던 저녁과 흙담조차 없었던 그녀 누대의 가계를 떠올리고 있는데 시적 화자의 태도와 숨결이 가슴 먹먹하도록 절절하다.

58년
개띠생들에게

한 해가 마지막을 향해 내달리고 있다. 명년은 황금 개띠 해라 한다. 이에 환갑을 맞는 58 개띠의 한 사람으로서 소략하나마 남다른 심회를 밝힐까 한다. 나는 그 유명짜한 58년 개띠생이다. 왜, 우리 또래에게만 유일하게 띠 앞에 58년이라는 수식어가 따라붙는지 그 이유를 나(우리)는 모른다. 짐작건대 전후에 태어난 세대를 대표하는 기표 같은 것이 아닐까 한다. 58년생 중 유명인에는 박정희 전 대통령의 장남 박지만, 더불어민주당 추미애, 여행가 한비야, 소설가 박상우, 연예인 임백천, 어릴 적 반공 웅변대회의 단골 메뉴로 등장하곤 했던 고 이승복 어린이 등등이 있다.

맬서스의 인구론으로 볼 때 '항아리' 도표 한가운데를 차지하는 세대가 58 세대다. 그런 만큼 생존을 위한 경쟁이 그

어느 세대보다 우심했던 게 사실이었다. 병영국가 체제에서
나고 자란 우리 세대는 국가 이데올로기와 가부장제 중심의
가족과 사회 속에서 규율에 엄격했고, 체제와 제도에 충실한
시간을 보내야 했다. 한 예로 초등학교 시절에는 동무와 함
께 쓰는 책상 한가운데 분단선이 굵고 선명하게 그어져 있었
고 "우리는 민족중흥의 역사적 사명을 띠고 이 땅에 태어났
다"로 시작되는 국민교육헌장을 암송해야만 했다.

고교 시절에는 교련 훈련을 받아야 했고, 오후 5시가 되면
국기 하강식에 맞춰 가던 걸음을 멈추고 국기를 향해 오른
손을 왼쪽 가슴에 얹어놓아야 했다. 영화 관람 전에 대한뉴
스를 시청해야 했고, 두발 상태는 항상 양호하게 단발머리를
유지해야 했다. 이렇게 병영국가 체제 속에 살다가 대학을
졸업한 후 성인이 돼서는 가정보다 회사가 우선인 기업국가
체제에 맞춰 살아야 했다.

초등학교 시절 학교에서는 미국의 원조 물자로 옥수수죽
과 옥수수빵이 배급됐는데 가쟁골에 사는 오쟁이라는 친구
는 칡뿌리를 캐어 와 동무들 몫으로 배급된 죽과 빵으로 교
환하여 집으로 가져가기도 했다. 학교에만 있는 유일한 흑백
TV에서는 닐 암스트롱의 달 착륙을 알리는 방송이 있었는데

실로 경이 그 자체였다. 레슬링의 영웅 김일의 박치기, 배삼
룡 코미디가 우리의 고달픈 하루를 위무해 주던 그 시절 학
교는 교과 이외의 과제물로 우리를 괴롭혀 댔다. 꼴 베어 오
기, 송충이 잡아 오기, 채변 봉투, 신작로에 자갈 붓기 등등.
하굣길 부락 반장의 인솔하에 대통령이 직접 작사했다는 새
마을 노래를 부르며 구령에 맞춰 구호를 외치는 진풍경을 연
출하기도 했다.

중학교에 들어가서는 일본식 교복을 단정히 입고 교가를
불렀고, 등하교 시 오른손 왼손에 번갈아 영어 단어장을 올
려놓고 외웠다. 우락부락한 영어 선생은 회화보다는 독해를
강조했다. 중학교를 졸업한 후 대처로 나가 고등학교를 다녔
다. 처음 보는 도시는 무엇이나 낯설고 생소했다. 누군가 이
런 나를 보았다면 영락없이 장날 팔리러 나온 수탉을 연상
했으리라. 고교 시절 참으로 징글징글했던 것은 교련이었다.
고교생을 대상으로 당시엔 교련 실기 대회가 있었다. 그 기
간이 돌아오면 학사 일정이 예사로 바뀌곤 했다. 한참 감수
성 예민한 여학생들도 예외가 아니었다. 대학에 들어갔지만
그렇게 기대했던 낭만은 없었다. 수업 시간보다 술집에서 보
내는 날들이 더 많았다. 장발을 하고 담배를 꼬나물고 통행
금지 시간이 가깝도록 거리를 배회했다. 음악다방 구석에 몸

을 부리고 앉아 뜻도 모르는 팝송을 들으며 영양가 없는 잡
담으로 시간을 죽여 대고 있었다.

돌이켜 보니 올해로 서울 생활 35년째가 된다. 그동안 11권
의 시집과 3권의 산문집을 발간했다. 지금 나는 교사를 하는
아내와 대학원에서 조교를 하는 아들, 이렇게 셋이서 아슬아
슬한 균형을 유지하며 살고 있다. 어느새 우리는 우리 시대
의 어른이 되어 살아가고 있다. 58년 개띠생들은 우리 사회
의 각 분야에서 리더로 자리 잡아가고 있으며 한국 사회의
한 축을 담당하고 있다. 생의 중심과 변방에서 오늘도 어제
처럼 아래 세대와 위 세대의 가교 역할을 묵묵히 수행하며
살고 있는 58년 개띠생들에게 심심한 위로와 격려를 보낸다.
58년생 개띠여, 무궁하라!

몽블랑
Montblanc

이것으로 무엇을 이룰 수 있었을 것인가 …(중략)…

한때, 이것으로 허공에 광두정을 박고 술 취한 넥타이나 구름을 걸어두었다 이것으로 근엄한 장군의 수염을 그리거나 부유한 앵무새의 혓바닥 노릇을 한 적도 있다 …(중략)…

그리하여 볕 좋은 어느 가을날 나는 눈썹 까만 해바라기 씨를 까먹으면서, 해바라기 그 황금 원반에 새겨진 '파카'니 '크리스탈'이니 하는 빛나는 만년필 시대의 이름들을 추억해 보는 것이다

—송찬호 「만년필」 부분

2018년이 시작된 지 벌써 보름이 지났다. 58년 개띠인 나는 무술년 개띠 해를 맞는 느낌이 남다르다. 낱낱의 시간은 더디게 가지만 단위로 묶어놓은 시간은 쏜살같이 빠르게 흐른다. 시간은 마치 헐어놓기가 무섭게 비워 가는 쌀가마니처럼

문득 의식하여 돌아보면 어느새 저만큼 흘러가 있다. 올해 시간의 쌀가마니도 예년과 다르지 않을 것이다. 나이가 노년에 이를수록 시간의 심리적 흐름은 빠르게 진행된다. 살아갈 날이 얼마 남지 않았다는 의식, 무의식의 강박 때문이리라.

새해를 맞으면 버릇처럼 한 해 동안 어떻게 살아갈 것인가, 막연하게나마 계획을 세우고 각오나 결심 같은 걸 하게 되는데, 처음의 각오와 결심은 시간의 흐름과 함께 시나브로 느슨해지고 풀어져 흐지부지 사라지고 만다. 올해도 나는 예년의 버릇에 기대어 나름의 버킷 리스트를 작성하고 마음을 다져보고자 한다. 올해 나의 계획과 다짐은 글쓰기에 대한 자의식을 갖는 일이다.

잠 안 오는 늦은 밤 거실에 앉아있으면 집 안의 온갖 사물들이 조근조근 말을 걸어온다. 벽면에 걸려 있는 TV와 거울이 말을 걸어오고 신발장 속 신발들이 소곤대는 소리가 들려오고 부엌에서 주방 기기들이 달그락거리며 싸우고 있고 옷장 속 옷들이며 아내의 화장대에 놓인 화장품들이 시끄럽게 떠들어대고 있는 것이다. 나는 점차 신경이 예민해져서 일일이 소리의 진원지를 찾아가 안전을 확인하고는 다시 제자리에 돌아오곤 한다.

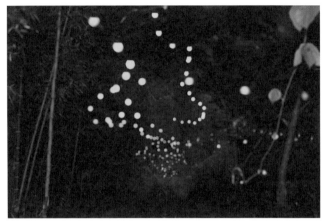

© 이원규

오늘은 35년 전 문단 말석에 부끄러운 이름 석 자 올린 해 기념으로 받은 선물 몽블랑이 문득 책상 서랍을 열고 나와 내 귀를 크게 열어놓는다. 몽블랑은 말한다. "당신(나)은 자기(몽블랑)로부터 너무 멀리 걸어온 것은 아닌가?"

지인은 35년 전 내게 만년필을 선물하면서 '사무사思無邪' 정신을 강조했다. 나는 지인의 뜻에 따라 백지 앞에서 삿된 생각을 멀리하려 각별히 애를 써야만 했다. 만년필은 단순한 필기도구가 아니었다. 만년필은 하나의 순결한 정신이요, 굳고 정한 대도였다. 만년필은 의식을 거행하는 사제처럼 엄숙하게 촉에서 나오는 핏방울로 원고지 칸칸을 적셔나갔다. 만년필은 또한 순금의 언어를 캐는 지하 갱도의 곡괭이였는데, 암벽을 만나 캄캄하게 울기도 했다. 순결에의 강요, 의식을 지배하던 그는 급기야 나의 무의식에까지 촉수를 뻗쳐 왔다. 글쓰기에 두려움을 느낀 나는 그를 장롱 속 문갑 안에 두고 멀리하기 시작했다.

그리하여 만년필은 내 의식으로부터 멀어져 망각의 수면 아래로 모습을 감추었다. 나는 만년필 대용으로 볼펜을 가지고 글을 쓰기 시작했다. 그는 가볍고 경쾌했다. 쓰기에 속도가 붙고 그럴수록 구겨진 생활이 점차 펴지기 시작했다. 볼펜과 친해지기 시작하면서 말이 많아지고 글의 길이도 길어졌다. 그러나 어느 날부터인가. 그는 나를 속이고 나를 굴절시키고 나아가 나를 터무니없이 과장하기 시작했다. 나는 그가 징그럽게 인식되기 시작했다. 나는 그를 점차 멀리하게 됐다. 한동안 나는 글을 쓰지 않았다. 생업의 순환과 반복에 갇혀 살게 됐다.

무미건조한 생활에 지쳐갈 무렵 내 책상 위에 컴퓨터가 놓여 있었다. 나는 자판을 낯설게 바라보았다. 그는 모든 것에 민감하고, 민첩하고, 신속했다. 나는 속도의 수족이 되어 살았지만 예전처럼 아프지 않았다. 때 묻어 얼룩덜룩한 이름이 세상을 떠돌수록 아랫배가 나오기 시작하였다. 몽블랑을 다시 찾았을 때 그의 피는 이미 굳어있었다. 올해 벽두 거창하게 나는 나 자신에게 약속을 걸어본다. 35년 전 초심, 그 몽블랑의 시대로 돌아가자고!

산문 2

한강
산책

나는 운전을 할 줄 모른다. 운전을 할 줄 모르니 당연히 차도 없다. 운전을 할 줄 모르고 차도 없지만 전혀 생활에 불편을 느끼지 못한다. 앞으로도 나는 차 없이 살다 죽을 것이다.

나는 산책을 즐긴다. 내가 산책을 즐기는 이유는 건강 때문이기도 하지만 또 다른 이유가 있어서다. 강변을 느리게 해찰하며 걸으면서 나는 언어의 물고기를 낚는다. 강태공이 강에서 낚시로 물고기를 낚듯이, 청둥오리가 부리로 물고기를 사냥하듯이 나는 산책하면서 무의식의 낚시코에 걸려드는 언어의 물고기를 낚아채는 것이다.

강태공과 청둥오리가 순간의 집중을 다하여 물고기에 민첩하게 반응하는 것과 달리 나는 방심한 상태에서 언어의 물고기를 낚는다. 언어의 물고기는 의식을 경계하고 멀리한다. 순간의 방심 속으로 그것은 갑작스럽게 뛰어든다. 산책에서 생각에 골몰하는 일을 나는 되도록 삼간다. 무방비 상태로 나를 방치한다. 숙맥과 천치가 되어, 하나의 사물이 되어 서 있거나, 하나의 풍경이 되어 천천히 걷다 보면 의외의 대어가 걸려들 때가 있다.

늦은 밤 마포 한강 변에 나와 강 건너 건물들과 아파트 단지에서 새어 나오는 불빛들을 바라다본다. 얼마 전까지 내가 살았던 곳이다. 저곳에서 여섯 해를 사는 동안 나는 시집 두 권과 산문집 한 권을 냈고, 아내가 암 수술을 받았고, 재수 끝에 아들이 대학에 들어갔다. 처음 여의도는 의붓어미처럼 낯설고 어지럽기만 하더니 어느새 마음 안쪽에 서늘히 인정의 그늘을 드리우고 있다. 슬픔의 줄기는 베어낼수록 여름 풀처럼 더욱 굵게 웃자랐지만 더러는 겨울 냉면처럼 소소한 맛의 위로와 기쁨을 안겨다 주기도 했다. 마포는 처음 상경해서 살림을 부렸던 곳이다. 이곳을 떠나 이곳으로 돌아오는 데 꼬박 서른 해가 걸렸다. 서른 해 전 마포는 지금처럼 아파트 숲이 아니라 키 작은 지붕들이 연이어 잇대어 있는 좁고 가파른 골목의 산동네였다.

늦잠 자던 가로등

투덜대며 눈을 뜨고

건넌집 옥상 위

개운하게 팔다리를 흔들며

옥수수 잎새

낮 동안 이고 있던 햇살을 턴다

놀이에 지친 아이들 잠들고

한강을 건너온 달빛

젖은 얼굴로

불 꺼진 창들만 골라

기웃거린다 안간힘으로 구름을 밀며

바람이 불고

일터에서 돌아오는 남도의 사투리들

거리를 가득 메운다

하나둘 창마다 불이 켜지고

소스라쳐 빨개진 얼굴로

달빛 뒷걸음친다

비로소 가는 비 맞은 풀잎처럼

생기가 돈다, 마포 산동네

—졸시, 「마포 산동네」 전문

그사이 몇몇 지인들이 지상을 떠나 돌아오지 않았고, 붉은 열정이 새어 나간 몸은 알곡이 빠져나간 광목 자루처럼 헐렁해졌다. 꽃잎처럼 점점이 흩어진 불빛을 떠안고 흐르는 강물은 명일 아침 서해에 입을 맞출 것이다. 세상 모든 길은 내 집 문을 열고 나가 내 집 문으로 돌아온다. 이곳에 살며 또 새로운 인연들을 맺고 풀 것이다. 한강 산책을 마치고 돌아와 둥지 안에 새알처럼 담겨 자는 식구들을 들여다본다. 첫 경험처럼 괜스레 들뜬 마음을 지그시 누르며 오지 않는 잠을 청한다.

오늘도 어제처럼 한강 변을 거닌다. 나는 겨울 강물처럼 단순하게 살고 싶었다. 예순을 살아오는 동안 여러 번의 공화국과 민간 정부가 들어섰지만 구호만 요란했던 시대의 희망은 집 없는 사람들을 거듭 울렸다. 두뇌가 우수한 인재들은 유학을 다녀와 독재자의 하수인이 되거나 재벌가의 마름이 되어 가난을 더욱 능멸했다. 도시는 우울과 분노를 키우는 학교였다. 성실, 정직하게 사는 자들은 대개가 열등한 유전인자를 타고난 이들이었다. 한 울타리에서 나고 자란 형제자매 간에도 어른이 되어 계층이 달라졌고 누가 알려 준 것도 아닌데 영악한 아이들은 착하다는 칭찬을 무능하다는 모욕으로 받아들였다.

더 이상 범람할 줄 모르는 한강은 흐르는 시간보다 고여 있는 시간이 더 많았다. 강태공들이 건져 올린 물고기들은 비늘이 상해 있거나 지느러미가 잘려있었다. 해마다 강의 괄약근은 느슨해지고 약해져 갔다. 계절을 가리지 않고 강 안쪽에서 부글부글 끓고 있는 썩은 내가 떼 지어 스멀스멀 강둑을 향해 기어오르고 있다. 나는 내일도 한강 변을 걸을 것이다.

경계를
넘어서

우리 사회의 갈등이 매우 심각하다. 남북 간의 오래된 이념적 대립과 반목과 갈등이 우리 민족의 생존권을 위협하는 마당에 이르렀다. 또한 이로 연유된 남남 갈등은 날이 갈수록 더욱 기승을 부리며 심각하게 첨예화돼 가고 있다. 지역 간의 갈등뿐만 아니라 자본과 노동 간의 갈등, 계층 간의 갈등, 남녀 간의 갈등, 세대 간의 갈등 등등이 실로 위험 수위를 넘고 있는 것이다.

갈등은 본래 나쁜 것이 아니다. 연성으로서의 갈등은 발전의 동력으로 작동할 수도 있기 때문이다. 열린 사회일수록 갈등 때문에 시끄럽다. 열린 사회는 합의를 도출하기 위해 논쟁을 하고 의견을 다툰다. 강자가 약자 위에 군림하지 않는, 상호 동등한 위치에서 자신의 의견이나 주장을 관철하기 위한 노력을 경주한다. 그러노라면 자연 시끄러울 수밖에 없다.

소음이 허용되지 않는 사회는 닫힌 사회다. 닫힌 사회는 쌍방향의 대화가 없다. 상호 네트워크가 없다. 수상한 침묵을 강요한다. 일방적인 훈계와 지시가 타자의 입을 막는 사회에서 발명과 창의가 발생할 수 없다. 조용한 사회는 죽은 사회다. 남성 중심의 가부장제 권위에 가위눌린 가정에서는 열린 대화로서의 소란이 있을 수 없다. 나아가 독재 권력 체제하에서 사회 구성원들은 침묵을 강요당한다. 이렇게 볼 때 갈등과 소란이 마냥 부정적인 것만은 아니다. 그것은 사회 발전을 위한 긍정의 요소로 작용하기도 하기 때문이다.

그러나 지금 이곳에서 벌어지고 있는 갈등과 소란은 열린 사회에서 가능한 연성으로서의 소란, 즉 합의 도출을 위한 다름과 차이에서 비롯된 것이 아니라 시멘트처럼 경화된 것으로서 반목과 분열을 더욱 강고하게 심화시킨다는 점에서 심각한 문제를 야기한다. 경화로서의 분열과 갈등은 타자를 전혀 인정하지 않을 뿐 아니라 부정하고 모욕하고 능멸한다. 요컨대 서로 간 적대적 감정으로 사회의 에너지를 소비하고 있는 것이다. 한국은 이분법이 횡행하는 사회다. 나와 너 사이에 누구도 쉽게 존재하기 어려운 사회인 것이다. 나와 너 사이에 존재하는 이는 회색분자로 낙인찍힌다. 우리는 배제나 소외를 당하지 않으려고 나와 너 가운데 하나를 선택받도록 강요당하며 살고 있다.

경계가 확고한 사회는 위험하다. 경계가 무리를 만들고 울타리를 짓기 때문이다. 경계를 지우고 무너뜨려야 더 넓고 깊게 잘 살 수 있음에도 불구하고 우리는 살면서 아이들에서부터 어른들에 이르기까지 무리와 울타리에 속하지 않는 자들을 격리시키는 일이 아무런 자의식 없이 자행되는 현상을 자주 목격한다. 어떻게 하면 갈수록 높아지고 단단해지고 있는 불신과 경계의 벽을 지우고 무너뜨릴 수 있을까? 경계가 무용하다는 것을 깨달을 때 그것은 가능해질 것이다.

> 고향에 돌아와 오래된 담장을 허물었다
> 기울어진 담을 무너뜨리고 삐걱거리는 대문을 떼어냈다
> 담장 없는 집이 되었다
> 눈이 시원해졌다
> 우선 텃밭 육백 평이 정원으로 들어오고
> 텃밭 아래 사는 백 살 된 느티나무가 아래 둥치째 들어왔다
> ─공광규, 「담장을 허물다」 부분

이 시는 담장을 허물고 나서 시적 주체가 얼마나 넓게 많은 것을 누리게 됐는지 알게 해준다. 이것은 비록 물리적 차원에서만 적용되는 게 아니다. 심리적·정신적 차원에서 더욱 곰곰이 곱씹어야 할 문제인 것이다. 우리는 살면서 아집 때문에 귀한 인연을 스스로 놓칠 때가 얼마나 많은가. '방하착'이라는 말이 있듯이 내려놓으면 편해지고 더 많은 것을 얻을 수 있음에도 불구하고 사소한 것에 집착하느라 길지 않은 생을 소모하고 있는 것이다. 아집과 이기가 집단화되면 무서운 불신의 무기가 되기도 한다.

지금 우리 시대 우리 사회는 너무 많은 분열로 넘쳐 나고 있다. 오랜 갈등과 분열의 양상은 갈수록 심화되고 내면화돼 이제는 그것을 지각조차 못 하는 단계에 이르렀다. 참으로 심각한 일이 아닐 수 없다. 담장을 허물어 더 많은, 귀한 것들을 가지게 된 시적 주체처럼 우리도 삶의 안팎에 존재하는 마음의 담장과 경계를 허문다면 지금보다 훨씬 더 많은 관계의 보물들을 나눌 수 있을 것이다.

모래야
　나는
얼마큼
　작으냐

저이는 나보다 여유가 있다

저이는 나보다도 가난하게 보이는데

저이는 우리 집을 찾아와서 산보를 청한다

강가에 가서 돌아갈 차비만 남겨 놓고 술을 사준다

아니 돌아갈 차비까지 다 마셨나 보다

식구가 나보다도 일곱 식구나 더 많다는데

일요일이면 빠지 않고 강으로 투망을 하러 나온다고 한다

…(중략)…

나같이 사는 것은 나밖에 없는 것 같다

나는 이렇게도 가련한 놈 어느 사이에

자꾸자꾸 소심해져 간다

동요도 없이 반성도 없이

자꾸자꾸 소인小人이 돼간다

속俗돼 간다 속俗돼 간다

　　　　　　　　　　　　—김수영, 「강가에서」 부분

김수영 시는 많은 생각거리를 제공해 주고 반성과 성찰의 계기를 부여해 준다. 그런 면에서 그는 오래전의 시인이지만 여전히 현대적이다. 생전에 한 번도 본 적이 없는 그를 떠올릴 때면 때 전 러닝셔츠를 입고, 움푹 파인 휑한 눈으로 어딘가를 강하게 쏘아보는 듯한, 영양이 결핍돼 보이는 흑백 프로필 사진이 먼저 다가온다. 시인 부족의 울타리에만 한정시켜 평가한다면 그는 성공한 시인으로 부러움의 대상이라 할 수 있다.

내가 좋아하는 그의 시편들 중에서 「강가에서」를 읽는다. 시 「강가에서」는 그의 시편들 가운데 소통이 원활한 시다. 「공자의 생활난」이나 「꽃잎」과 같이 난해 일색의 시편들을 보다가 이 시를 대하면 과연 동일한 인물이 쓴 시라는 게 언뜻 납득이 안 갈 정도로 쉽게 읽힌다. 이 시는 그의 다른 시편들과 달리 리얼리즘의 기율에 입각해서 쓴 것이라 할 수 있다. 「강가에서」는 나날의 비루한 일상을 소재로 삼고 있으며 서사 충동으로 가득 차있다. 시적 주체는 매우 무기력한 인물이다. 그에 반해 이웃 사내는 화자에 비해 더욱 비참한 현실을 살아가지만 어찌된 일인지 훨씬 더 여유가 있고 자신에 차있다. 이러한 이웃은 그에게 공포를 준다.

이 시의 어조는 자조로 가득 차있다. 생활의 동력이나 활력을 찾아볼 수 없다. 시적 주체의 일상은 오래된 늪처럼 우울과 권태가 고여 부글부글 끓고 있다. 이웃 사내의 일상 또한 마찬가지다. 아니 그는 나보다도 더 속화된 존재다. 그는 도덕성이 마비된 존재이고 내일을 믿지 않는 존재다. 따라서 시적 주체인 나에게 내보이는 그 사내의 여유란 허풍, 즉 과장된 제스처에 지나지 않는다.

그런데 이 시 속의 풍경이 나는 전혀 낯설지가 않다. 그것은 아마도 시 속의 사내가 여전히 물리적 시차를 뛰어넘어 우리의 이웃으로 살아오기 때문일 것이다. 김수영은 왜 이처럼 자책을 넘어 자기모멸에 가까운 내용의 시편을 지어냈을까. 그동안 그의 시편들은 평자들에 의해 소시민의 비애와 자의식에 가득 차있다는 평가를 받아왔다. 이 시는 바로 그 지적에 해당하는 시라 볼 수 있다.

김수영은 누구보다 4 · 19혁명의 실패를 안타까워했다. 혁명 실패 후 그의 시편들은 자학, 자조, 절망의 어조로 가득 차있는 것이다. 혁명의 대의인 자유를 포기하지 못하면서도 그것을 위해 자신의 생을 던지지 못하고 있다는 자괴감이 그를 자조와 자학으로 몰고 갔을 것이다. 혁명 실패 후 일상에 매몰돼 가는 시인의 괴로움이 「강가에서」와 같은 유의 시를 낳았다 해도 크게 틀리지 않을 것이다. 시 속의 이웃 사내와 같은 부류의 인간들로 가득 차있는 세상에 대해 느낀 절망이 얼마나 컸으면 시인은 기계적 관성으로 나날을 살아가는, 무력한 그 사내에게 공포를 느꼈겠는가. 사실 틀에 박힌 삶처럼 무서운 것도 없다. 거기에는 자기반성이나 성찰이 배제돼 있기 때문이다.

시인은 점차 행동하지 않는 지식인, 즉 날마다 속화돼 가는 소시민적 굴종의 삶에 길들어 간다. 그런 자의식이 들 때마다 그는 자신이 모래보다도 작다고 여긴다. 어느새 자괴, 자조, 자학에 익숙해지는 것이다. 그러나 아직 시 쓰기를 통해 괴로운 자의식을 토로하는 것, 즉 철저하게 자기반성에 충실하다는 점에서 그는 당대 누구보다 순결하고 정직하게 삶을 영위했다고 말할 수 있을 것이다. 정작 부도덕한 자들은 자신의 생이 얼마나 오점과 얼룩으로 더럽혀져 있는지도 모르고 살기 때문이다. 시 속 주체의 자리에 나를 대입해 본다. 부끄러움이 엄습해 온다. 나는 지금 너무 쉽게 살고 시를 쓰고 있는 것은 아닌지 자문해 본다.

오월
애인

나는 오월을 좋아한다. 예부터 오월이 계절의 여왕이라 불리는 데는 그만한 이유가 있을 것이다. 오월은 일 년 중 가장 맑고 온화한 날씨가 많은 달이고 꽃보다 아름다운 연초록 광휘가 눈부시게 빛나는 달이다.

오월에는 24절기 가운데 입하立夏와 소만小滿이 들어있다. 입하는 양력 5월 5일 무렵으로 여름이 시작됐음을 알리는 절후다. '보리가 익을 무렵의 서늘한 날씨'라는 뜻으로 맥량麥涼, 맥추麥秋라고도 하며, 초여름이란 뜻으로 맹하孟夏라고도 부른다. 소만小滿은 양력으로 5월 21일 무렵으로 햇빛이 풍부하고 만물이 점차 생장해 가득 찬다(滿)는 의미가 있다.

이렇듯 오월은 겨우내 움츠렸던 사물들이 몸을 풀어 왕성하게 생명력을 발휘하기 시작하는 달이다. 사물들의 생장하는 모습은 보는 것 자체만으로도 힘을 솟구치게 한다.

오월의 두 절기 중 나는 입하를 더 편애하는 편인데 까닭은 입하에서만 볼 수 있는 독특한 풍경 때문이다.

오월은 모내기 철이다. 모내기는 못자리에서 기른 모를 본논에 옮겨 심는 일을 말하는 것으로서 모심기라고도 한다. 모내기는 모를 심기 전 마른논에 물을 채우는 것으로 시작된다. 겨우내 마른논이 수문을 따라 들어오는 물을 벌컥벌컥 마시는 모습은 미상불 보기에 좋다. 그 광경을 보고 있노라면 '마른논에 물 들어가는 것과 자식 입에 밥 들어가는 것이 가장 보기에 좋다'는 옛말이 절로 떠오른다. 마른논이 수문을 따라 천천히 들어오는 물을 마실 때 가만히 눈여겨보면 논의 몸속으로 들어와 가득 차는 것은 물만이 아니다. 산너머 자주 형상을 바꾸며 저희끼리 희희낙락 시간을 즐기며 해찰해 대던 구름 서너 마리도 불현듯 수문을 따라 경중경중 들어와서는 논바닥 이곳저곳에 제 가벼운 그림자를 엹고 길게 떨어뜨리는 것을 볼 수 있다.

논에 물이 들어차면서 갑작스레 새로이 생겨난 물벌레들은 흙탕을 일으켜 흙의 뭉친 근육들을 풀어준다. 무논은 갑

자기 활기를 띠며 무수한 생명체가 활동하는 장이 된다. 본
논에 가득 물이 들어차자 이번엔 논둑에서 겨우내 저 혼자
가지 자락을 펄럭이며 심심하게 서있던 미루나무도 나른한
정오를 더는 못 참겠다는 듯 배춧속처럼 뽀얗게 차오르는 수
면 안으로 길게 손과 발을 뻗어 오면서 기지개를 켠다.

그리하여 그 기지개 덕에 미루나무의 키가 한 자는 더 웃
자라게 되는 것인데, 오후 들어서는 골짜기 박차고 나온 꽁
지 붉은 새 몇 마리가 무논에 그림자를 흩트리고 공중 곡예
를 부리며 노란 울음 방울을 바닥에 떨어뜨려 푸르게 무늬를
짓는다. 이러한 때에 송아지 혀처럼 부드럽게 불어오는 바
람에 찰랑대는 무논은 직선으로 내리꽂히는 햇살, 해의 살을
되받아 내며 은빛을 사방팔방으로 튕겨대곤 한다.

삼동 내 마른 명태처럼 누워있던 논이 벌떡 일어나 그 큰
입으로 도랑의 옆구리를 비집고 들어오는 물로 오래 시달려
온 가뭄을 해갈하실 때 하늘은 더욱 청명하여 드높고, 삽자
루 어깨에 둘러멘 채 물꼬를 보러 나온 예비군복 바지의 팔
자걸음이 풍선처럼 가볍다. 그리하여 세상은 짚세기로 문질
러 닦아놓은 놋 주발처럼 투명, 투명하여서 갑자기 생이 눈
부셔 어리둥절해진다.

　　오월의 들판은 인간이 땅에 속한 자손이라는 것을 실감케
해준다. 운 좋게 한밤중 들판을 걷다가 무논 이곳저곳에 핀
별꽃들을 볼 수 있을 것이다. 그러면 당신은 늦가을 다 익은
벼들이 왜 별 모양을 하고 있는지 그 비밀을 눈치챌 수 있으
리라. 무논의 모들은 낮 동안 농사꾼이 돌보게 되고 한밤중
에는 별들이 내려와 살핀다는 상상이 절로 들 것이다. 과연
늦가을 벼 이삭이 별의 형상으로 영그는 것은 하늘이 농사를
지었기 때문이라고 고개를 끄덕일 법도 하다.

　　오월이 나는 좋다. 오월은 나를 젊게 하고 생동하는 상상
을 불러일으킨다. 내게 오월은 계절의 애인이다. 그녀와 팔
짱을 낀 채 푸른 내가 진동하는 들길을 망아의 상태로 질정
없이 걷고 싶다.

© 이열규

곱사등이
현실을
사는
현대인에게

곱사등이 한 여자가

세찬 눈보라를 봉긋한 등으로 밀며

뒷걸음질로 걸어간다

마치, 아이를 잃고

퉁퉁 불은 젖을 칼바람에게

베어 물리듯이

자신의 손이 닿지 않는

눈에 보이지도 않는

육체의 유일한 성지聖地.

인간의 등이

다름아닌 천사의 가슴이었다고

따뜻한 젖이 돈다고

길을 잃은
차디찬 조막손이 눈송이들이
그녀의 솟은 등을 파고든다

　　　　　　　　—이덕규, 「천사의 가슴」 전문

　등은 인간의 신체 기관 가운데 손에서 가장 먼 곳에 있다.
또 등은 눈에 보이지 않는 곳에 있어 "아무리 애를 써봐도/
혼자서는/ 끝내 닿을 수 없는 곳"(류지남, 「등」 전문)이다.

　평소에는 잊혀 있다가 가렵거나 뻐근할 때에야 의식이 되
는 곳인 등은 치유가 필요할 때 부득불 남의 손을 빌릴 수밖
에 없다. 또한 등은 인간의 육체 가운데 비밀스러운 곳에 속
한다. 누군가에게 등을 맡긴다는 것은 어지간한 믿음과 신뢰
에 의하지 않고는 어려운 일에 속하기 때문이다.

　등은 인간의 자존 의식을 표상하기도 한다. 누군가와 대
결 상태에 놓일 때 등을 보인다는 것은 수치와 굴욕을 뜻하
며 나아가 스스로 패배를 인정하는 꼴이 된다. 손에서 가장
먼 곳에 위치한 신체 기관인 등은 눈에 보이지 않는 곳에서

표 안 나는 일들을 묵묵히 치러낸다. 조강지처의 가사 노동처럼 그녀의 나날의 노동은 고되지만, 그녀는 그것을 내색하지 않는다. 그녀는 제 삶의 주인을 위해 헌신적으로 봉사하는 존재다. 그러나 우리는 그러한 그녀의 노동에 대한 자의식 없이 나날을 살아간다.

그녀는 자신의 결핍이나 자잘한 욕망 등을 감각으로 표현한다. 우리는 가렵다거나, 아프다거나, 시원하다 등등 신체 감각의 반응을 통해 그녀의 감정 상태를 미루어 짐작할 수 있을 뿐이다.

나날의 연명을 위해 우리는 등을 혹사시킨다. 누구도 살아내는 동안 등짐으로부터 자유로운 존재란 없다. 그 점에서 그녀의 존재적 숙명은 당나귀의 전 생애와 닮은꼴이다.

여기(시 속의 화자) 불구와 결핍의 숙명을 안고 사는 불우한 여인이 있다. 그녀는 곱사등이다. 곱사등이 여자에게서 가장 중요한 신체 기관은 말할 것도 없이 그녀의 등이다. 등은 그녀 신체의 거의 전부를 장악하고 있다. 등은 그녀 존재의 전부라 해도 과언이 아니다. 그녀에게서 등을 덜어내면 그녀는 없는 셈이나 마찬가지다. 곱사등이는 그녀의 개성이며, 그녀의 존재 뿌리이고, 그녀 경험의 총체이고, 나아가 그녀의 세계에 대한 입장이며 태도의 전부다. 그녀는 등을 통해서 세계와 사물을 인지한다. 그녀에게 등은 그녀 삶의 전 영토이고, 그녀의 과거와 현재이며, 미래이기조차 하다.

등으로 이루어진 둥그런 육체가 세찬 눈보라를 이겨내려고 더욱 등을 공처럼 구부리고 뒷걸음질로 걸어간다. 여기서 우리는 불구적 존재의 인간 비극성을 체험한다. 곱사등이 여자에게는 오로지 불구의 등만이 세파를 이겨나갈 수 있는 방도가 된다. 육중한 등의 힘으로, 칼바람 에는 비정한 현실 세계를 돌파해 가는 강인한 생의 투지를 보라. 등이야말로 곱사등이 여자에게 구원이자 성지가 아니고 무엇이란 말인가.

곱사등이 그녀에게 등은 곧 가슴이다. 냉혹한 현실 논리를 헤쳐나가는 힘이 그곳에서 분출되고, 세상으로부터 오는 굴욕과 수모가 맨 처음 닿는 곳이 그녀의 등이기 때문이다. 그럼에도 그녀의 등은 세상에 적대하는 행위 대신 모성적 에너지를 발휘한다. "길을 잃은/ 차디찬 조막손이 눈송이들이/ 그녀의 솟은 등을 파고"드는 것은 그녀의 등이 가슴이고 또 성지이기 때문이다. 「천사의 가슴」은 결핍과 불구로서의 존재가 오체투지의 강인한 정신으로 저를 삼켜오는 가혹한 현

실을 극복해 나가는 역동의 에너지를 발산하면서도 적대적
인 세계에 대해 적의가 아닌 연민과 사랑이라는 따뜻한 모성
의 서정을 그려내 보이고 있다.

    우리는 어느 면에서 예외적 소수를 제외하고 누구나 곱사
등이의 현실을 살고 있는지 모른다. 시 속의 곱사등이 여자
는 불구와 결핍의 생도 얼마든지 맘먹기에 따라 증오가 아
닌 사랑으로 전환될 수 있다는 가능성과 그 낙관을 말하고
있다.

강물
그리고
시간에
대하여

한밤중 까닭을 알 수 없는 갑갑증이 일면 강가에 나가 하릴없이 배회하는 때가 있다. 흐린 불빛을 안고 검푸르게 일렁이는 강물을 바라다보고 있으면 마음의 수면 위로 마구 솟구쳐 오르는, 정체를 알 수 없는 감정의 알갱이들이 시나브로 가라앉는다. 전생에 나는 필시 어족의 한 일원이었는지 모른다. 그러지 않고서야 매번 흐르는 물에서 어찌 위안과 힘을 얻을 수 있단 말인가.

강(역사)에는 각기 태생이 다른 물들이 하나의 물결이 되어 그들 생의 종착이자 시작인 서해를 향해 바지런히 보폭을 옮기고 있다. 강물은 바다에 와서 죽고 다시 태어난다. 골짜기를 박차고 나온 각기 다른 개성의 물방울들은 강으로 편입되면서 가족이나 마을 단위의 울타리를 벗어나 한 시

대, 한 사회를 구성하는 일원으로서 책무를 다하는 생을 살
아가야 한다.

저 깊고 푸른 강물의 어느 자리에 나는 속해 있는 것일까?
댐을 박차고 나온 상류처럼 발바닥 뜨겁게 내달리며 굽이치
던 질풍노도의 시절은 이미 추억이 된 지 오래다. 세계를 내
안으로 끌어들여 대상과 동일시하기에 급급했던, 피 뜨거운
열혈 청년의 시간은 다시 오지 않을 것이다. 이제는 그 어떤
것도 내 주의와 시선을 끌지 못한다.

세계와 사물은 더 이상 신비의 아우라 혹은 비밀스런 외
경의 대상이 아니다. 하지만 고집과 개성으로서의 각기 다른
세계와 사물의 고유한 존재가 스스로 본래의 가치와 신성을
잃은 것은 아니다. 그것을 바라보는 내가 비루하고 남루해
졌을 뿐이다. 오늘의 나는 어제와 달리 그것들, 즉 세계와 대
상 속으로 파고들어 가는 투사投射로서의 삶 혹은 그들을 내
안으로 깊숙이 끌어들여 동일시하는 동화同化로서의 열정적
삶을 살지 못한다. 다만, 그들을 우연인 듯 스치며 다녀가고,
그들이 나를 다녀가는 것을 방외인으로 서서 그저 물끄러미
관조, 응시하고 있을 뿐이다.

　나이가 든다는 것은 무엇인가? 원숙과 성숙을 향해 진일
보하는 것일까. 시간의 먼지를 묻히면서 형편없이 녹슬어 가
고 낡아가는 것일까. 아무래도 그간의 나는 후자에 더 가까
운 행보를 해오고 있었음을 솔직히 인정해야겠다. 나는 굳이
그 혐의를 시간과 바깥세상에 두지 않는다. 그 어떤 변명도
구차하고 궁색하긴 마찬가지다. 모든 문제의 근원은 내 안에
있고 문제의 해결 또한 내 안에서 비롯되는 것일 뿐이다. 그
러니 외부에서 그 혐의를 찾는다는 것은 가당치 않을 뿐만
아니라 무책임을 넘어 부도덕한 일이 될 수 있다.

　한밤중 듣는 강물 소리는 그렇게 맑고 또렷할 수가 없다.
아무래도 밤이라서 그 강물의 형상을 바로 볼 수 없기 때문
에 더욱 그렇게 들릴 것이다. 형상은 사물을 드러내는 한 방
법일 뿐 실체를 담보하지 못한다. 그러므로 형상만을 고집하
는 것은 어리석은 일이다. 그럼에도 우리는 매번 형상과 이
미지에 속는 경험을 반복한다.

　물은 아무리 더러운 물(형상)이라도 그 소리(본질)만은 맑
고 투명하다. 맑은 날이든 흐린 날이든 듣는 물의 소리가 청
아하게 들리는 것은 물의 성정이 본래 맑고 투명하기 때문
일 것이다. 내 여생은 지금까지 그래왔듯 저 강물의 소리에

서 힘과 위안을 얻을 것이다. 강물을 따라 걸으며 내 생을 다녀갔던 그리운 얼굴들을 떠올려 호명해 본다. 지상에 없는 얼굴들이 불쑥, 불쑥 눈에 밟혀 온다. 가까운 미래에 나도 그들을 따라갈 것이다. 나날을 연명한다는 핑계로 필요 이상 때와 얼룩을 묻혀 온 생의 보자기를 꺼내 강물 소리로 씻고 닦는다.

적막이 두껍게 울타리를 치는 강변을 한 마리 슬픈 짐승이 되어 어슬렁거린다. 시간이란 내게 무슨 의미가 있는 것일까. 터닝 포인트를 지난 나이를 살면서부터 부쩍 시간을 의식하는 날이 많아졌다. 오늘날을 사람들은 광속의 시대라고 한다. 속도가 일상을 지배, 관철하고 있기 때문이다. 공터에 버려진 폐타이어를 본 적이 있다. 속도의 제왕이었던 그는 더 빠른 속도에 밀려 함부로 버려져 고무처럼 소멸의 그날까지 질긴 권태의 시간을 쓸쓸히 견디어야 한다. 폐타이어는 바로 우리들 불안한 미래가 아니고 무엇이란 말인가. 강물은 내게 말한다. 강의 보폭으로 네 여생을 걸어가라고.

© 이원규

물소리는
　바닥이
만든다

"물은 파도만 일지 않는다면 조용하다. 물이 그릇을 따르
듯이 처세하라. 물이 깊어야 고요하다. 물고기는 물을 얻어
헤엄치되 물을 잊고, 새는 바람을 타고 날되 바람을 모른다.
물이 모이면 절로 시내를 이루니 모든 것을 천기에 맡겨라"
(이상 『채근담』에서 발췌).

　　모양이나 색깔이 달라졌다 해서
　　물이 제소리까지 바꾼 적은 없다
　　들어보라, 도랑물이든 한강 물이든
　　물은 물소리로서
　　세상을 살지 않는가?
　　흐린 세상 흐린 얼굴로 흐르는 물더러 더럽다 침을 뱉는
　　자 누구인가? …(중략)… 물소리로 귀를 씻어라
　　　　　　　　—졸시, 「물소리는 언제나 맑다」 부분

이 세상에서 가장 맛있는 음식을 들라 하면 나는 서슴없이 물을 들겠다. 목마를 때 마시는 한 잔의 물은 얼마나 달고 시원한가. 이 세상에서 가장 순결한 것을 떠올리라 할 때에도 나는 망설이지 않고 두말없이 물을 들겠다. 세속 잡사에 시달리다 귀가하거나 먼 여행에서 돌아올 때 오염된 마음과 몸을 씻어내기 위해 맨 먼저 습관처럼 찾는 것이 물이니 말해 무엇하랴.

만약 이 세상에 물이 없다고 가정해 보자. 죽음 외에 무엇을 달리 떠올릴 수 있겠는가. 물은 우리가 숨 쉴 때 들이마시고 내뿜는 공기 속 산소와 더불어 가장 필요한 생명의 절대 요소가 아닌가. 그럼에도 불구하고 우리는 나날의 일상에서 이러한 물의 소중함을 망각하며 살고 있다. 아니 망각의 정도가 아니라 함부로 물을 대하거나 다루며 살고 있다. 그러나 일방적으로 당하기만 하는 물도 더 이상 참을 수 없을 때 화를 낼 수 있다는 것을 알아야 한다. 사람이 내는 화의 피해에 비할 수 없이 물이 내는 분노의 정도는 그 크기와 깊이를 가늠할 수 없으니 우리는 우주 만물의 근원이요 어머니인 물이 인내의 임계점을 넘어 화낼 일을 부디 더는 만들지 말아야 한다.

이상 기온으로 연일 날씨가 불쾌지수를 높이고 있다. 기온이 상승하면 그만큼 물의 소비량도 늘게 마련이다. 이에 따라 자연 물을 함부로 다뤄 물의 몸을 더럽히는 일을 벌이기도 한다. 그러나 의식 없이 예사로 벌이는 이 행위가 죄업임을 알아야 한다. 물이 아프면 지구가 앓고, 물이 죽으면 우리가 함께 죽는다.

난 젊은 날 열등의식이 많았다. 학력 콤플렉스에, 작은 키, 가난, 뭐 하나 내세울 게 없었다. 그래서인지 대인관계가 원만치가 않아 트러블이 많았다. 별일도 아닌 일에 벌컥, 욱, 버럭 하는 통에 관계의 공든 탑이 무너지기 일쑤였다. 돌이켜 보면 그게 다 내 열등의식이 시킨 짓이었다. 상대방이 웃자고, 분위기를 위해서 한 말에, 심지어는 덕담과 칭찬을 야유로 곡해해 과도하게 감정을 분출했던 것이다. 지금은? 많이 좋아졌다. 전에 비해 자신감이 생겨난 탓이리라. 트라우마와 콤플렉스는 타자와의 관계에 장애를 일으키는 치명적 원인이 된다.

물은 우리에게 생명을 줄 뿐만 아니라 사람의 살림살이에 대해 크고 작은 지혜까지도 안겨 준다. 불경『채근담』에 의하면 물은 본래 소리가 없다고 한다. 물이 소리를 내는 것은 바닥 때문이라고 한다. 물이 어느 바닥을 만나느냐에 따라 소리를 크게 내기도 작게 내기도 한다고 한다. 즉 울퉁불퉁한 바닥을 만나면 물이 크게 소리쳐 울고, 고른 바닥을 만나면 물은 소리 없이 제 갈 길을 조용히 갈 뿐이라는 것이다. 이러한 물의 성정을 통해 인간 삶에 대한 지혜를 얻을 수 있다.

타자와의 관계 속에서 불화를 겪게 될 때 우리는 흔히 그 원인을 바깥에서 구하는 경우가 적지 않다. 즉 내 안의 고르지 못한 생의 바닥을 탓하기 전에 물인 상대가 내게로 와서 까닭 없이 분란을 일으킨다고 생각하는 것이다. 그러나 과연 그런가? 내 생의 바닥을 늘 고르게 할 수 있다면 물인 그대가 아무리 자주 다녀간들 소리가 요란하지 않을 것이다. 또 불경 『법구경』에 따르면 같은 물도 뱀이 마시면 독이 되고, 소가 마시면 우유가 된다는 말이 있다. 같은 사실일지라도 받아들이는 주체에 따라 악이 되고 선이 된다는 뜻이다.

지금 우리의 생명수가 온갖 질병으로 크게 앓고 있다. 그 병인은 우리의 탐욕이 만든 것이다. 물의 건강은 우리의 의식이 건강할 때 되찾을 수 있다.

추일서정
秋日抒情

처서 백로 거쳐 추분에 들자

계곡은 더욱 맑고 투명해졌다

바닥 환히 드러내 보이는 물빛

밝아진 시력으로

제 몸보다 훨씬 더 큰 것들을 담고는

평상심으로 제 갈 길 가고 있었다

손을 담그면 서늘한 기운 솟구쳐 올라

쭈뼛, 머리끝이 곤두서기도 했다

가끔, 나는 그곳에 들러

문장 연습을 하다 오고는 하였다

—졸시, 「가을 계곡」 전문

시월이 왔다. 시월은 바쁘게 한 달을 살다 갈 것이다. 가을걷이를 해야 하고 남국의 햇빛으로 열매들 끝물을 들여야 하고 짐승들 털갈이도 시켜야 하고 지친 초록들 단풍도 들게 해줘야 한다. 시월은 쉴 새가 없다. 하늘도 더 맑게 닦아야 하고 저온의 공기를 단단하게 만들고 계곡물도 콸콸 흐르게 하고 밤의 상점을 위해 별빛들을 반짝반짝 켜놓아야 한다. 그러는 한편으로 사람들 관광도 시켜줘야 하고 온갖 축제며 행사도 치러야 하고 백화점 세일도 열어야 한다. 시월이 왔다. 오자마자 시월은 정신없이 뛰어다니고 있다. 시월은 일복을 타고났지만 얼굴에선 광채가 난다.

벼 이삭이 여물며 무논은 점차 마른논이 돼간다. 물이 떠난 뒤로 논둑 미루나무가 드리웠던 몸을 꺼내고 한여름 소리의 만화방창을 꽃피우던 개구리도 떠나고 한낮 건달처럼 어슬렁대던 구름도 떠나고 밤마다 술청 문턱이 닳도록 드나들던 술꾼들처럼 찾아오던 별빛이며 달빛도 떠나고 오로지 벼들만 남아 햇살과 울력하며 이삭 영그는 일에 진력을 다할 것이다. 벼 이삭이 떠나는 날 논은 아들딸 여운 양주마냥 갑자기 늙은 얼굴을 할 것이고, 가을도 인생도 저물어 깊어지면 그새 길어진 산 그림자가 홑이불이 돼 마을을 덮어올 것이다.

ⓒ 이일규

마당귀 내려서 수북하니 쌓인 볕 낱이 눈짐작으로 족히 서
너 되는 되겠다. 저걸 쓸어다 마음의 뒤주에 쟁였다가 볕 까
칠한 이들 봉창에 슬쩍 찔러주면 어쩔까 하면서 추분과 한로
사이를 걷는다. 거리에도 낱알처럼 단단하게 여문 햇살 수북
하게 쏟아져 내린다. 얼굴에 쏟아지는 햇살이 까칠까칠 따갑
다. 양손을 벌려 낱알을 받아본다. 통통 살 오른 햇살들! 햇살
알갱이 쏟아지는 한낮을 걷다 보면 나도 한 알 낱알이 된다.

가을 하늘이 말의 온전한 의미 그대로 티 없이 맑다. 저 하
늘이 달포 전 덥고 습한 기운을 줄기차게 지상으로 내려보내
던 그 하늘이었나? 하늘의 파란 호수에는 미풍조차 다녀가
지 않는지 파문이 일지 않고, 나무 한 그루 없고, 새 한 마리
날지 않고, 구름 한 마리도 어슬렁거리지 않는다. 호수 한 장
이 크게 펼쳐져 있을 뿐이다. 저 파란 호수에 파랗게 물들 때

까지 마음을 풍덩, 풍덩 빠뜨리며 놀고 싶다.

하늘 목장에 어제는 없던 열서너 마리의 구름이 나타나 방목하고 있는데 바람이 불지 않는지 구름은 한자리에 앉아서 골똘하게 명상 중이다. 저 느린 산책을 탁본하여 마음의 방에 걸어둔다.

휴일을 맞아 나는 달콤하게 즐기 위하여 창문을 열어놓고 눈을 감은 채 강의 하류처럼 잔잔히 흘러오는 바람의 결을 촉감의 손으로 어루만진다. 가을바람은 비단 스카프처럼 맨살에 와서 살갑게 감긴다. 세상은 누군가 수제비를 떼다가 남긴 밀가루 반죽 같다는 생각이 든다. 저 아래 골목에서 아이들 떠드는 소리가 공처럼 튀어 오르고 오가는 행인들이 내는 잡음이 먼지처럼 자욱하게 피어오른다. 가물가물 의식이 흐릿해지자 몸이 수초처럼 는적는적 흐느적거리다가 한 마리 뼈 없는 강장동물이 된다. 나는 목소리의 얼굴을 내 멋대로 그려보다가 까무룩 잠의 수면 아래로 잠기어간다.

가을 화면에 키보드를 두드린다. 키보드를 두드리면 새가 날고 별이 돋는다. 키보드를 두드리면 감들은 더욱 붉고 밤알들은 후두둑 쏟아진다. 키보드를 두드리며 길을 걸으면 풀들이 파랗게 웃고 꽃들은 다투어 피어난다. 키보드를 두드리면 네 가슴의 파란 바탕화면에도 사랑이 돋아 활짝 웃는다.

시월이 다 가기 전 봄 소쩍새와 여름의 천둥, 먹구름과 상강의 무서리를 견딘 산국을 보러 가야겠다. 산국에서는 은은한 종소리가 들려올 것이다.

나의
집

아침저녁 맑은 물로

깨끗하게 닦아주고

매만져 준다

당분간은 내가 신세지며

살아야 할 사글세방

…(중략)…

처음에는 내 집인 줄 알았지

살다 보니 그만 전셋집으로 바뀌더니

…(중략)…

이제는 사글세로 사는 신세가 되었지

모아둔 돈은 줄어들고

방세는 점점 오르고

그러나 어쩌겠나

당분간은 내가 신세져야 할

나의 집

—나태주, 「몸」 부분

아침 출근길 시큰거리는 잇몸과 함께 무릎이 투덜거려 살살 달래며 걸었다. 혹사시켰으니 응당 핀잔을 들을 만도 하다. 차가 없는 관계로 나는 웬만하면 몸을 부려 생의 여정을 소화시켜 왔다. 그러는 동안 발과 무릎이 애를 많이 쓰게 됐다.

발과 무릎이 날 질책하네

하루가 부끄럽지 않으냐고

영혼의 거처인 몸 나의 집을

방치하고 낭비하지는 말자

주의, 주장도 없이 마음에 순종해 온 무릎과 발은 육체의 변두리, 목소리에 과장을 실어 말하면 육체의 식민지였던 셈이다. 오늘 저녁 집에 가서 나는 특별히 이 두 기관에 대해 그간의 노고를 치하해 주고 위로와 덕담도 건네줄 생각이다. 이들이 부실해지면 내 정신 또한 허약해질 것이기 때문이다.

몸을 구성하는 기관들 중에서 나는 발과 무릎 외에 입에 대해서도 특별한 감정을 가지고 있다. 발과 무릎에 대하여 는 연민과 안쓰러움을, 입에 대하여는 애증의 감정을 지니 고 있는 것이다.

늦은 밤 집으로 돌아와 발을 씻는다. 발가락 사이에는 하 루치의 모욕과 수치가 물 위에 동동 떠있다. 하루의 동선을 복기해 본다. 발은 마음이 끄는 대로 움직여 왔다. 발은 내게 질책을 퍼붓는다. 정작 가야 할 곳은 가지 못하고 가지 말아 야 할 곳을 기웃거린 하루가 부끄럽지 않으냐? 목청 높여 꾸 지람을 쏟아놓는 것이다.

돌아보면 지난날 나는 마음이 텅 빈 탓으로 발의 수고에 둔감해 왔다. 나의 지난 모든 비리를 기억하고 있는 발은 마 음을 버리고 싶은지 요즘 들어 걸핏하면 넘어져 마음을 상 하게 한다.

오르내릴 때마다 계단은 무릎 관절을 퉁겨 검은 저음의 울 음을 토해 내게 한다. 이 이상 신호는 탄력 잃은 기관의 이음 새가 느슨해지고 녹슬어 간다는 징후일 것이다. 지인들은 이 러한 증세가 칼슘 결핍에 운동 부족이라 탓하면서 식습관을 고쳐보라 권고하지만 나는 이를 다르게 이해하고 있다. 몸보다는 마음의 징후로 보고 싶은 것이다. 즉 이것의 기원은 설운 생활에서 오는 마음의 굴절에 있다고 자꾸만 생각이 키워지는 것이다. 썩지 않는 기억은 유구하다. 세상은 내게 없는 살림에 뻣뻣한 무릎이 문제였다고 말한다. 내키지 않은 일에 무릎을 꿇을 때마다 여린 자존의 살갗을 뚫고 나오는 굴욕의 탁한 피를 보는 일이 나는 몹시 견디기 힘들었다.

하지만 범사가 그러하듯이 처음이 어렵고 힘들 뿐 거듭되는 행위가 이력과 습관을 만들고, 수모도 반복해서 겪다 보면 수치가 아닌 날이 오게 된다. 굴욕은 변명을 낳고, 변명이 합리를 낳고, 마침내는 합리로 분식한 타성의 진리를 일상의 옷으로 껴입고 사는 날이 도래하게 되는 것이다.

그렇게 수신修身하고 제가齊家하는 동안 마음의 연골이 닳아왔던 것. 무릎은 생의 계단을 오르내릴 때마다 '지불한 수고에 대한 값이 너무 헐한 것은 아니냐?' 뼈아픈 질책을 던져온다.

거울 앞에서 '아' 하고 한껏 입을 크게 벌려본다. 입은 말의 항문이다. 배설물이 쏟아지지 않도록 괄약근을 조여야 한다. 입은 몸의 입구이자 출구다. 얼마나 많은 것들이 저 입을 통과해 몸속으로 들어갔고, 얼마나 많은 것들이 저 입을 통해 바깥으로 배설됐던가.

저 입구로 들어간 것들은 살과 피가 되기도 하고 몸에 상해를 입히기도 하다가 항문으로 배설됐지만, 더러는 사만팔천 개의 땀구멍으로 새 나오기도 했다. 저 출구로 나온 것들은 선한 가족과 타자에게 위로가 되기도 했으나 더러는 치명적인 독이 되기도 했다(항문은 입이 지은 죄를 대속하는 기관이다).

입을 정성껏 닦는다. 그런데 너무 힘을 주어 닦았는가? 칫솔대가 뚝 부러지고 입안에 피가 고인다. 저 검붉은 피가 구업으로 인한 벌처럼 느껴진다. 입단속을 잘하자고 새삼 각오를 다진다. 영혼의 거처인 몸, 나의 집을 함부로 방치하고 낭비하는 일이 없도록 하자.

라면
예찬

우리 세대에게 라면은 구황 식품이었다. 1960~70년대 시골에 처음 들어온 라면은 단박에 사람들의 입맛을 사로잡았다. 라면은 중독성이 강한 음식이었다. 당시엔 라면이 국수보다 훨씬 더 귀한 대접을 받았다. 어머니는 여름날 특식으로 국수에 라면을 섞어 끓이곤 했는데, 아버지의 사발에는 항상 더 많은 양의 라면 사리가 들어있었다. 그러다가 점차 라면의 대중화가 이루어지게 돼 서민들이 즐겨 먹게 됐다. 너나없이 궁핍한 시절 라면이 서민들 식생활에 기여한 공로가 실로 적지 않았다.

지금에 와서도 라면은 서민들이 일용하는 양식 중 하나다. 나 역시도 라면을 즐겨 먹는 편이다. 58년생인 내가 일주일에 두 번 이상 라면을 먹는 셈이니 결코 적다고 볼 수 없다.

허기질 때 먹고, 적적할 때 먹고, 슬플 때도 나는 라면을 먹는다. 외국 여행에서 돌아와 가장 먼저 찾는 음식도 라면이다. 매콤한 라면 국물을 들이켜면 타국에서 먹은, 느끼한 음식 때문에 더부룩했던 속이 거짓말처럼 말끔하게 가시는 기분이 드는 것은 결코 나만이 아닐 것이다. 서민 음식 중 라면 앞에 서는 것이 과연 몇이나 될까? 라면의 원조가 중국이다, 일본이다 분분하지만 그거야 어쨌든 박래품인 라면이 우리 맛의 과정을 거쳐 서민과 함께하는 보편적 음식으로 자리 잡게 된 것만은 부인할 수 없는 사실이다.

지난여름 나는 시골집에 내려가 밤을 기다려 물을 반쯤 채운 냄비에 뜬 별에 라면을 넣고 끓여 먹었다. 또 낮에는 시골집 평상에 앉아 지나가는 구름 한 장을 냄비에 띄워 라면과 함께 끓여 먹었는데 냄새를 맡고 온 바람이 얼굴을 사납게 할퀴어댔다. 그 여름 막바지 주말에는 바닷가에서 끼룩대는 갈매기 울음 서너 송이를 따 냄비에 넣고 끓여 먹다가 바다가 흰 목젖을 내밀어오는 통에 사리 몇 가닥을 적선한 적도 있다.

몇 해 전에 나는 심야에 라면을 끓여 먹다가 사색에 잠긴 적이 있다. 그러니까 내가 좋아하는 라면이 한 소식을 안겨 준 셈이다. 그 내용을 소개하면 다음과 같다.

늦은 밤 투덜대는, 집요한 허기를 달래기 위해 나는 신경이 가파른 아내의 눈치를 피해서 도적처럼 몰래 주방에 갔다. 사기그릇들이 눈을 크게 뜨고는 멀뚱멀뚱 나를 바라보고 있었다. 나는 그들의 침묵을 믿지 않았다. 그들은 자극보다 반응이 훨씬 더 크다는 것을 알았기 때문이었다. 구석에서 곤한 잠에 든 냄비를 깨워 물을 채운 뒤 가스레인지 위에 올려놓고 점화를 했다.

적요의 천에 구멍을 내는, 냄비 속 물 끓는 소리가 어릴 적 들었던 한여름 밤의 개구리 울음소리 같았다(고요 속에는 저렇듯 호들갑스런 소리가 숨어있는데, 물체 안쪽에 박혀 있는 소리들은 언제든 들킬 준비가 되어있고, 그리하여 계기만 주어진다면 잽싸게 몸 밖으로 소리를 토해 놓는다).

찬장에서 라면 한 봉지를 꺼냈다. 라면의 표정은 딱딱하고 각이 져있었다. 사리들이 짠 스크럼의 대오는 아주 견고하고 단단해 보였다. 누구도 저들의 몸통을 부러뜨리지 않고서는 깍지 낀 결속을 무너뜨릴 수 없었다. 사리를 끓는 물속에 넣었다. 딱딱하고 각이 져있고, 한 몸으로 뭉쳐있던 사리

들은 펄펄 끓는 물속에 들자마자 금세 표정을 바꿔 언제 그
랬느냐는 듯 시치미를 뚝 떼고는 각자 따로 놀며 흐물흐물
흩어지며 풀어지고 있었다. 저 급격한 표정 변화는 우리 시
대의 슬픈 기표였다.

도마 위에 양파, 호박, 파 등속을 가지런히 놓아두고 집 속
에 든 칼을 불러냈다. 말보다 행동이 앞서는 그의 눈빛은 매
섭고 날카로웠다. 그는 세상을 나누고 자르기 위해 태어난
자였다. 놓여진 것들을 다 자르고도 성이 안 찬 노여운 그는
늦은 밤을 이기지 못한 내 불결한 식욕을, 지난한 허기의 관
성을 푹 찔러 올는지 몰랐다. 냄비 속 부글부글 끓는 것은 그
러므로 라면만은 아니었다.

지금 돌이켜 보니 라면 한 그릇 앞에서 자못 느낌이 무겁
고 진지했다. 하지만 그해 늦은 밤 라면이 정색하고 내게 준
충고에도 불구하고 나는 여전히 허기의 관성을, 라면의 유
혹을 이겨내지 못하고 있으니 이 노릇을 어찌한단 말인가.

유령의
존재들

계좌번호 012-24-0460-782

비밀번호 3322

호출번호 96

대기인원 12

자본주의의 심장 은행을 나와

한일병원을 향한다

3호선을 타고 가다 충무로역에서

4호선으로 갈아타고 쌍문동에서 하차한다

한일병원 접수번호 300

대기인원 112/ 차트번호 88871

간이계산서 공급처 210-82003667

약지급번호 349

티브이 채널 4 유선방송을 보다

전화번호 299-0446에 전화 걸다

약을 지급받고

택시 서울 1바 4320을 타고

지하철로 돌아온

…(중략)…

숫자 하나만 틀렸어도 일과가 어긋났을

국제질병번호 300인 사내는

숫자들 간의 인연으로 하루를 살아냈다

숫자에서 해방되기 위해 잠자리에 든

사내의 밤을 지키는 붉은 불빛

전기장판번호

3.

　　　　　—함민복 「하늘을 나는 아라비아 숫자」 부분

썰물 때 형체를 드러냈다가 밀물 때 물속에 잠겨 보이지 않는 바위를 가리켜 '여'라고 한다. 뱃사람들은 이 '여'를 항시 조심해야만 사고를 만나지 않을 수 있다. 그러니까 이 '여' 는 엄연히 존재하면서도 항상적으로 존재를 드러낼 수 없는 존재인 셈이다. 출근길이나 퇴근길 지하철 주변의 행상인들을 보면 영락없이 바닷속의 '여'란 생각이 든다. 한꺼번에 밀려드는 인파들로 인해 너무도 쉽게 이들의 모습이 지워지기 때문이다.

그러나 곰곰 생각해 보면 도심 속의 '여'는 이 행상인들만
이 아니다. 존재 증명의 기회를 상실한 채 익명으로 살아가
는 유령 같은 현대인들은 어찌 보면 모두가 도심 속의 '여'
와 같은 존재가 아닐까. 시간의 밀물 속에서는 좀체 자신의
현존재를 드러내기 힘든 장삼이사들은 도심 속의 '여'가 아
닐 수가 없는 것이다.

이른 아침 관 뚜껑 열고 나와 승차한 만원 버스, 전동차에
서 끄덕끄덕 졸거나 핸드폰 액정 화면 들여다보고 있는 사람
들. 무얼 먹을까 장고 끝에 어제 먹은 점심 메뉴 다시 주문하
는 사람들. 울리지 않는 핸드폰 폴더 습관처럼 열었다 닫는
사람들. 카카오톡과 페이스북에 열중하는 사람들. 싸구려 커
피 마시는 사람들. 돌려 막기 거듭하다가 마이너스 통장 하
나둘 늘어나는 사람들. 정기적 혹은 충동적으로 복권 사는
사람들. 뒤축 닳은 구두 신고 찾아간 행사장에서 까치발 딛
고 서서 주인공을 향해 박수 치는 사람들. 결혼식 축의금 내
자마자 식권부터 챙기는 사람들.

한낮 공원 벤치에 앉아 운동 나온 여자들 뒤태 흘끔거리

며 담배 피우는 실업들. 매캐한 연기 자욱한 술집에서 목에
핏대 세워 계통 없이 떠들어대는 사내들. 빨랫줄에 걸린 젖
은 빨래들같이 사우나 황토방에 나란히 앉아 과체중으로 기
우뚱한 몸 안쪽에 쌓인 노폐물 빼내고 있는 사람들. 늦은 밤
만원 버스, 전동차에서 벌게진 얼굴로 수족관 물고기처럼 벙
긋, 벙긋 연신 하품이나 뿜어내다가 무너지고 어긋난 체형
가까스로 추스른 뒤 관 뚜껑 같은 방문 열고 들어가 죽음처
럼 깊은 잠 자는 사람들.

　　　뿌리가 없으니 고통 없고

　　　슬픔 없고 즐거움 없고

　　　톱 오면 잘리고

　　　도끼 오면 찍히고

　　　못 오면 박히다가

　　　불 오면 태워져

　　　흔적 없이 사라지는 생

　　　한때는 사철 내내 싱싱한 생나무의

　　　쭉쭉 자라는 줄기와 가지로

　　　마구 하늘 찌르던 그들

　　　오늘도 전동차는 칸칸마다

　　　빽빽이 통나무를 싣고 달린다

　　　　　　　　　　　　　　　—졸시 「통나무」 전문

　익명의 존재들은 이름보다 번호로 호명되는 경우가 많다. 관공서나 은행, 동사무소, 병원 등에 가보라. 아무개 씨라고 고유명사로 불리는 대신 번호로 불리는 경우가 많지 않은 가. 익명의 존재들은 존재감 없이 하루하루를 간신히 연명해 나가고 있다.

　익명의 존재들은 대개가 안개꽃같이 시대의 주인공들을 위한 배경이나 들러리로 살아가고 있다. 이름이 지워진 채 전 존재를 드러낼 기회를 좀체 얻기 어려운 현대인들은 유령과 같은 존재자들이다.

　현대판 유령들은 숫자와 번호 속에 갇혀 살고 있다. 계좌번호, 비밀번호, 호출 번호, 전화번호, 현관 키 번호 등 번호 없이 살기 힘들다. 전동차와 버스, TV 채널의 숫자 등도 알아야 애용할 수 있다. 대통령과 국회의원도 숫자로 뽑아야 한다. 이처럼 대다수 현대인들은 번호와 숫자에 이끌려 하루를 살아내고 있는 것이다.

교감을
　위한
시

내가 문득

보조개 이쁜 누이를 바라보듯

꽃 한 송이 바라보니

새하얀 빛깔로 웃는다

가늘게 떠는

그 웃음소리에 놀라

잠깬 이슬들이

내게 말을 걸어

이름을 묻는다

난 눈길 없는 눈길로

바라보는 돌

> 그대들이 바라보면
>
> 소리 없는 소리로
>
> 웃는 돌
>
> —이가림, 「순간의 거울 7-상응」 전문

겨울을 난 나무가 가려워 참기 힘들다는 듯 몸을 꼬고 흔들어대자 어린 햇살 달려들어 나뭇가지 구석, 구석을 박박 문지르고 긁어댄다. 새살인 듯 손톱 다녀간 자리에 파릇파릇 싹이 돋는다.

어린 봄이 땅이 낳은 싹 앞에 쭈그리고 앉아 입으로 싹의 얼굴을 물었다 뱉고 앞발로 입과 코와 귀를 당겼다 놓으며 해종일 장난질이다. 그때마다 시나브로 싹의 키가 자라고 있다.

땅속에 매설된 초록의 부비 트랩이 햇살이 발을 디딜 때마다 펑펑 싹을 터뜨려 대자 산야는 아지랑이 포연으로 자욱해진다. 땅속에서 꼬물꼬물 끝도 없이 기어오르는 아지랑이는 땅의 속울음일 것이다. 땅의 긴한 말일 것이다. 하늘에 닿으려는 저 줄기찬 몸짓이 땅에 속한 것들에 푸른 숨을 불어넣고 있다. 낭창낭창 휘청휘청 곡선의 부드러운 혀에 감겨 가지가 뻗고 초록이 번지고 펑펑 폭죽처럼 꽃들이 터진다. 땅의 울음과 땅의 말이 활활 타오르고 있다.

이 나무 저 나무의 수피를 뚫고 꽃들이 환하게 얼굴을 내밀어 오고 있다. 이 산 저 산에 피어오르는 꽃불. 바야흐로 봄은 무르익어서 초록 하양 빨강 노랑 등 색색의 불들이 연기도 없이 활활 타올라 온 산야를 색의 제국으로 물들이고 있다. 봄비라도 다녀가면 기름을 부은 듯 불길은 더욱 거세게 타오르리라.

초록과 꽃들은 겨우내 헐고 해진 공터를 바늘이 되어 솔기가 안 보이도록 꼼꼼하게 꿰매고 있다. 가히 천의무봉의 솜씨라 할 만하다. 봄 햇살 속에는 이스트가 들어있나 보다. 사물들이 빵처럼 부풀어 오른다.

벌과 나비는 향기 나는 꽃 문장을 게걸스럽게 탐독하는 베스트 독자들. 몽롱한 것은 장엄한 것! 초록 융단이 펼쳐지고 장엄하게, 꽃불 타오르니 상춘객들 가슴이 어찌 설레지 않겠는가. 까닭 없이 들뜨는 마음 달래러 사립을 나서는 이들 한둘이 아닐 것이다.

© 이원규

이런 들뜨는 심사와는 다르게 꽃 한 송이를 내면의 거울을 바라보듯 조용히 응시하는 시인이 있다. '만물조응의 화답의 세계'를 그리고 있는 위 시편을 읽노라면 감정의 소용돌이 혹은 보풀이 가라앉고 마음이 절로 차분해진다. 여기에서 '상응'은 시인의 말에 의하면 보들레르가 말한 '상응'의 시학이 아니다. 시인의 말을 빌리면 그것은 절대세계, 피안, 무한, 불가시의 영역에 있을 법한 비전 같은 것을 꿈꾸는 이상주의적 탐구의 태도보다는 보다 구체적인 생명 현상에 대해 깊이 파고드는 현상학적인 입장에서 우주 사물을 바라보는 응시와 대화의 시학을 말한다.

대화에는 서로 크기가 맞아야 한다. 물리적 차원이든 심리적 차원이든 간에 우선은 키를 맞춰야 대화가 이루어질

수 있는 것이다. 키 작은 꽃들과 대화하기 위해서는 우뚝 서서 그들을 내려다보지 말고 쪼그려 앉아 나란히 마주 본 상태에서 말을 걸어야 한다. 인간에게 인격이 있듯 사물에게는 물격物格이 있는 법이다. 인드라망의 구조로 세계를 바라보면 우주 안에 편재한 사물들은 무엇 하나 소홀할 수가 없다. 세계의 사물들은 모두가 그물의 관계망으로 연결돼 있기 때문이다.

대저 시인이란 어떤 존재인가. 그는 사물과 대화하는 존재가 아니던가. 사물과의 대화가 가능하려면 사물에 대한 존중심을 가져야 한다. 그리고 그와 내가 동등한 존재라는 인식이 먼저 이루어져야만 한다. 그럴 때 사물은 마음을 열고 귀를 기울여 사람의 말을 듣고 또 입을 열어 자신의 말을 사람에게 전해 올 수 있는 것이다. 즉 내가 주체(자아)의 아집을 벗고 객체로서의 사물이 돼야만 대상에서 주체로 바뀐 사물의 말을 엿들을 수 있고, 내 말을 상대에게 전할 수 있는 것이다. 시적 화자가 '돌'로 전이된 이유가 여기에 있다. 초록과 꽃의 계절에 그들을 단순히 관광의 대상으로만 즐길 것이 아니라 그들과 마주 앉아 겸허히 대화하는 사색과 관조의 시간을 가져보는 것은 어떤가?

염소

저렇게 나비와 벌을 들이받고

공중을 치받고

제자리에서 한 발짝도

움쩍 않고 버티기만 하는

저 꽃을 어떻게 불러야 하나

…(중략)…

뿔을 뽑아내기 위해

근육을 덜어내기 위해

…(중략)…

부단히 채찍질을 하였다

…(중략)…

염소 학교 졸업식 날

그에게 많은 축복이 있었다

…(중략)… 쿠션 좋은 침대를

…(중략)…

향을 피워 올리는 검은 향로를

…(중략)… 낯짝의 거울을

…(중략)… 근사한 수염을

그리고 우리는 고삐를 주었다

—송찬호 「염소」 부분

현대사회를 흔히 '기술과 자본의 파시즘 시대'라 한다. 무한 속도와 무한 경쟁이 개인의 일상을 지배하는 각박한 시대를 압축적으로 표현한 말이라 할 수 있다. 이러한 시대에 대부분의 사람은 유령으로 살아간다. 유령이란 자신의 존재를 증명하기 어려운 사람들을 비하 혹은 냉소적으로 일컫는 말이다.

우리 사회는 '욕망의 통조림 공장'이 된 지 이미 오래됐다. 보다 근원적이고 본질적인 면에서 개성 없이 유사한 형태의 생활공간에서 엇비슷한 생각들을 하면서 살아가는 것이다. 소수의 예외적 존재들을 제하고는 대다수 사람은 저마다의 욕망 실현을 위해 치열하게 경쟁의 사다리를 밟아가고 있다. 우리 사회의 비극은 가치의 스펙트럼이 넓지 않고 또 가치의 서열과 위계가 없다는 점이다. 즉 삶의 다양한 가치가 존재하거나 허락되지 않고 어떻게 하면 남보다 더 잘 먹고 잘 살 수 있을까 하는 물질적인 욕망의 끝없는 추구에 삶의 방향이 정해지고 그에 따라 물질의 척도에 의해 삶의 의미와 가치가 결정되고 있는 것이다. 이와 같이 만인의 만인에 대한 투쟁이 노골적으로 장려되고 있는 사회에서는 모든 부문에서 승자만이 이익을 독점할 뿐 패자들은 존재감도 없이 유령처럼 살아가야 한다.

지금 교육 현장에서는 자신의 삶의 미래를 유령으로 살지 않기 위해 학생들이 죽음 같은 경쟁의 레이스를 벌이고 있다. 경쟁은 참혹하다. 경쟁에서 낙오한 학생들 중에는 절망 끝에 극단적인 선택을 하는 경우도 없지 않다. 이는 사회적 타살이 아닐 수 없다. 하지만 죽음은 개인의 불행일 뿐 아무도 책임을 지지 않는다.

프랑스 철학자 미셸 푸코(1926-1984)는 서양 근대는 지식과 권력의 결탁, 즉 이성을 잣대로 인간을 정상과 비정상으로 구분 짓고 비정상으로 분류되는 '광기'를 감금해 온 거대한

폭력의 역사였다고 주장한다. 또한 그에 의하면 초기 근대의
절대주의적 권력은 부정기적이고 비연속적으로 개인의 자유
에 개입하는 형태였지만 후기 근대로 이행하면서 권력은 규
율과 훈육으로 사람들을 관리하게 됐다고 한다. 이러한 형태
의 규율, 훈육의 권력은 산업자본주의와 그에 따르는 사회를
형성하는 데 결정적 역할을 했고, 근대국가의 대표적 제도들
인 군대, 학교, 정신병원, 감옥 등을 통해 그러한 권력의 효과
를 파급해 나갔다고 한다.

시 「염소」는 교육의 문제점을 알레고리 기법으로 풍자하고
고발한 작품이다. 염소의 "뿔"은 더 이상 호신용 무기가 아
니라 기껏해야 "나비" "벌"을 들이받고 "공중"이나 치받는 장
식용 꽃으로 전락해 버렸다. 즉 뿔의 성정 혹은 정체성을 상
실한 것이다. 또한 염소는 제도의 폭력에 의해 "뿔"과 "근육"
과 "짐승"을 덜어내고 쫓아내기 위해 부단히 채찍질을 당하
고 있다. 염소에게서 뿔을, 근육을, 짐승을 뽑아내고 덜어내
면 그에게 남는 것은 무엇인가.

우리의 근대 교육제도는 이처럼 잔인무도하다. 철저하게
개인의 고유한 특성과 정체성을 유린하고 절멸시키고 있다.
그리하여 모두 한 공장에서 제조해 출하한 제품들로 만드는

것이다. 다만 거기에는 불량품과 우량품의 차이만이 존재할 뿐이다. 마침내 이러한 지난한 단계적 학습 과정을 무사히 통과한 자들에게 근대의 제도는 많은 혜택을 부여한다. "향로"와 "거울"과 "수염"이라는 보상이 주어진다. 하지만 그는 행복한가? 그는 우리가 준 "고삐"에 매여 평생을 노예처럼 살아가야만 한다. 시「염소」는 규율과 훈육의 이름으로 개인들의 고유한 개성들을 말살시켜 마침내 우리 시대 보편적 상품인 '정상'들을 만들어내는(여기서 낙오하는 자들은 감금과 금기와 배제의 대상이 된다) 근대 교육제도의 폭력성을 고발한 작품이다. 염소들이여, 우리 시대 학생들이여, 그대들은 얼마나 아프고 괴로운가.

참회록
懺悔錄

어린 날에도, 청년기에도 나는 빨리 늙고 싶었다. 내게 젊음은 가난, 실패, 좌절, 외로움, 적의 등의 어둡고 음습한 정서만을 안겨다 주는 날들의 연속이었으므로 젊음을 벗는다는 것은 고통과 불안에서 벗어난다는 것을 의미했다. 새털처럼 많은 날이 흘러 바야흐로 간절히 원했던 나이에 이르게됐다. 나는 아직도 누구나의 로망인 젊음이 싫다. 실의만을 안겨다 준 시절로 돌아가고 싶지 않은 것이다. 나는 살아온날들보다 살아갈 날이 훨씬 더 짧은 나이에 이르렀지만, 아직도 빨리 늙고 싶다. 내게 산다는 것의 의미는 죄의 세목을 늘리는 일에 불과하므로 어서 주어진 적량의 나이를 다 살고 미련 없이 현생을 벗어나고 싶은 것이다. 나는 세월이 빠르게 나를 다녀가기를 바란다. 인간의 살과 피 그리고 오욕칠정으로부터 멀어진 뒤 하나의 나무토막 혹은 한 무더기의 흙덩이 같은 무정물로 남고 싶은 것이다.

얼마 전 춘사椿事를 겪었다. 음악을 평생의 업으로 삼고자
하는 아들과의 오랜 불화로 인해 크게 다투면서 해서는 안
될 폭언에 손찌검까지 하게 됐다. 만취한 상태에서 순식간
에 일어난 일이었다. 자책, 자괴, 자학으로 몇 날 며칠을 불
면에 시달려야 했고 달포가량 지독하게 후유증을 앓았다. 사
고를 저지른 다음 날 나는 아들 볼 면목이 없어 아내의 양해
를 구한 다음 당분간 가족과 떨어져 살기로 하고 마포 집에
서 멀리 떨어진 노원구 중계동 불암산 자락에 임시 거처를
구했다. 조석으로 산을 오르내리며, 평생 오체투지로 살아오
면서 부지불식간 내 안쪽에 고인 불안과 울분을 토해 내고
나를 되돌아보는 시간을 갖기 위해 일부러 산 근방에 거처
를 정한 것이다. 그리하여 산을 오르고 내리는 동안만은 산
의 향기에 취해 마음의 안정을 취할 수 있었다. 하지만 위안
은 금세 휘발돼 늦은 밤 오지 않는 잠을 청하며 무늬 없는 천
장을 바라보고 있노라면 온갖 상념과 회한이 들끓어 머리가
어지러웠다. 어디까지 가야 강물은 바다에 이를 수 있을까?
다 큰 자식과 불화하여 멀쩡한 집 놔두고 집 밖에 집을 구해
홀로 방에 누워있자니 바위처럼 무거운 죄가 가슴을 짓눌렀
다. 헛살았다, 헛살았다. 돌아가신 엄니의 한숨 소리가 천둥

처럼 크게 들렸다.

집 나오고 난 후 아내를 만나 실로 오랜만에 깊은 대화를 나눴다. 자신을 진정으로 사랑할 줄 아는 사람만이 타자를 올곧게 사랑할 수 있다는 것, 자신을 인정하지 못하는 사람은 타자에게 자신의 욕망을 투사, 집착하고 그로 인해 타자를 소유하려 하거나 억압하려 한다는 것, 그것을 사랑이라 착각한다는 것 등이 아내가 내게 준 충고였다. 자아의 고집에서 벗어나 참자유인으로 살아가자는 당부와 함께 과거의 트라우마에서 벗어나 현재의 자신에게 충실할 것을 요구했다. 그럴 때 근원적으로 아들과의 불화도 해결될 수 있다고 했다. 당분간 떨어져 살면서 자신의 내면을 응시하는 시간을 갖자는 아내의 말을 수긍할 수밖에 없었다.

어릴 적 나는 성인이 되면 가부장제하에서 전제 권력으로 가족 위에 군림하며 융통성 없이 고지식하게 사신 아버지처럼은 절대 살지 않겠다고 거듭 맹세하고 다짐했다. 한데 지금 나는 반면교사로 삼고자 했던 아버지의 생을 반복하고 있지 않은가. 적수공권으로 상경해 주소가 긴 집에서 가난으로 점철된 생활을 하다 여자를 만나 아이 낳고 집도 장만했지만, 그러느라 몸도 마음도 지쳐버렸다. 가족에게 못 할 짓

참 많이 했다. 아들과의 화해를 기대하며 졸시 「돌과 여울」을 읽는다.

"급하게 흐르는 여울이 큰 돌을 만나 아프다고 소리칩니다. 안쓰러운 나머지 돌에게 원망이 들고 여울을 위해 저 돌을 꺼내야겠다고 마음을 먹습니다. 그러다가 순간 여울 때문에 돌은 또 얼마나 부대끼고 고되었을까를 떠올리니 이번엔 여울에 시달려온 돌이 안돼 보이고 그의 생이 불쑥 서러워졌습니다. 따지고 보면 우리 모두는 서로에게 돌이거나 여울입니다. 어제는 여울이었다가 오늘은 돌이고 오늘은 돌이었다가 내일은 여울인 셈이지요. 여울은 돌을 만나 여울빛이고 돌은 여울을 만나 돌빛입니다. 서로가 서로에게 스미어 만든 빛깔인 셈이지요."

나는 왜, 내 시 속 화자의 진술에 미치지 못하는 삶을 사는 것일까. 시와 보폭이 나란한 삶을 살고 싶다.

1

하늘 목장에 열서너 마리의 구름들을 방목하고 있는데

목장에는 바람이 불지 않는지 구름들은 한자리에 앉아서
골똘하게 명상 중이다.

저 느린 산책을 탁본하여 마음의 방에 걸어둔다.

2

봄꽃은 화려하고 난만하고 경쾌하고 발랄하지만 가을꽃
은 청초하고 우아하고 그윽하고 깊다.

봄 강은 재잘대며 수다스럽게 흘러가지만 가을 강은 소리
를 아끼며 서늘하게 흘러간다.

봄 나무는 연초록 광휘가 눈부시지만 늦가을 나무는 쇄골
의 섹시미가 눈길을 끈다.

하루가 다르게 공기가 살구씨처럼 단단해져 가고 골짜기
의 적막도 깊어가고 있다. 구월이 다 가기 전에 다람쥐와 새
들에게 줄 목양말과 스카프를 장만해야겠다.

3

사람들은 프레임으로 누군가를 가둬놓고 평가하는 경향이 있다. 프레임 속에 갇히면 빠져나오기가 여간만 어렵지 않다.

흔히 나를 두고 마당발이니 사교의 귀재라느니 하는 말들이 있는데 이는 속사정을 들여다보면 하나의 프레임이고 통념일 뿐이다. 난 25년 전부터 문단 출입을 거의 하고 있지 않으며 필요에 의해서만 개별적 만남을 해오고 있다. 또한 오랜 지기들과는 허물없이 지내지만 타인에게는 낯을 가리는 편에 속해 사교와는 거리가 먼 사람이다.

근자에는 보기와 달리 혼자 있기를 좋아하고 외로움도 잘 타지 않는다.

프레임은 진실의 왜곡이고 심하면 폭력이 될 수 있다.

4

알곡이 들어있는 곡식의 줄기는 아무리 세게 잡아당겨도 부러지거나 꺾일지언정 뽑히지 않는다. 그러나 알곡이 빠져나간 곡식의 줄기는 힘들이지 않아도 쉽게 뽑힌다. 밤알들이 들어있을 때 밤송이 가시는 날카롭지만 밤알들이 떠나고 난 뒤의 밤송이 가시는 무력하고 무용해진다.

나는 지금 세상의 모든 어미의 힘을 말하고 있다.

5

생후 반년이 된 아이의 이만큼 가을바람의 이가 어지간히 돋았나 보다. 어미의 젖을 빨다가 물 때처럼 살갗을 깨물 때마다 몰래 살짝 아프다. 이는 더 크고 굵게 자랄 것이다.

6

열린 창으로 들어온 바람이 이마에 차다. 침대 이불 속에서 서늘한 바람의 혀에 얼굴을 맡긴 채 나는 달콤한 몽롱에 빠져있다.

가을이 다 가기 전 봄 소쩍새와 여름의 천둥 먹구름과 상강의 무서리를 견딘 산국을 보러 가야지. 산국에게선 은은한 종소리가 들려올 거야. 산국의 말에 경청하며 나는 경외의 인사를 올려야겠다. 산국 향을 꾸어 와서 겨울 양식으로 삼았으면 하는 것이다. 나른한 미몽 속에서 나는 잠시 행복한 사람이 된다.

7

시 창작 수업을 올해로 스무 해 가까이 해오고 있다. 솔직히 호구지책으로 이 일을 해오고 있지만 자괴감이 들 때가 한두 번이 아니었다. 예술은 학습을 통해 성취되기보다는 숙명적으로 주어지는 행위라 믿었기 때문이다. 그런데 오랜 시간 창작생들을 대하면서 예의 자괴감과 함께 자위가 생겨나기도 했다. 내 제자들 중에는 팔순이 넘은 분들도 계시다. 죽음을 앞둔 그분들의 시에 대한 열정을 대할 때면 나는 그분들이야말로 진정한 시인들이라는 생각이 들지 않을 수 없었다. 시가 별것인가? 내가 기술적으로 뛰어날지언정 어찌 저분들의 삶과 시에 대한 열정과 진정성을 따를 수 있겠는가? 시를 생활로 사시는 분들 앞에서 어쭙잖은 재주를 앞세워 시작을 논하며 살아온 내가 스스로 참괴스러울 뿐이다. 하지만 시를 생활로 사는 분들이 나를 필요로 하니 나는 노력할 수밖에 없었던 것이다. 이런 이유로 나는 애써 내 행위에 대해 의미와 가치를 부여하고자 하는 것이다.

8

오늘은 고향 선산에 내려가 벌초하는 날이다. 일 년간 흩어져 살던 집안 형제들이 모여 조상들 검불머리며 손발톱을

정성껏 깎아드린 뒤늦은 점심으로 삼겹살 파티를 연다. 또 그렇게 일 년을 보내는 것이다. 이른 새벽부터 벌초를 위해 기침해 부산을 떠는 일이 귀찮고 성가신 일이긴 하다. 하지만 벌초가 아니라면 산다는 핑계로 자꾸 미루게 되는 고향 방문이 어찌 가능하겠으며 조상 묘들을 흉내나마 돌볼 수 있었겠는가? 이제 그나마 벌초해야 하는 햇수도 점차 줄어들고 있지 않은가. 벌초는 어쩌면 우리 대가 끝나면 더 이상 존재하지 않게 될 수도 있을 것이다. 자, 일어나자! 고향 부여로 가자!

9

술 취한 길이 보고 싶다. 나 어릴 적 술 배달부들이 신새벽 짐 자전거에 한가득 대여섯이나 되는 커다란 술통들을 싣고서 자갈이 통통 튀는 신작로를 달리곤 하였는데, 그때마다 마개를 열고 나온 술이 길바닥에 찔끔찔끔 흐르고는 하였던 것인데, 그리하여 술에 취한 길이 활처럼 휘어진 채 해종일 비틀거렸던 것인데, 장날이면 그 길을 초저녁 술 취한 아비가 고등어 한 손을 들고 길과 함께 비틀, 육자배기를 부르며 돌아오곤 하였던 것인데, 노래가 한 발짝 앞서 걸으며 아비를 끌고 오고는 하였던 것인데……

10

봄가을이 되면 한강변 잡풀들은 제노사이드를 방불케 하는 고통을 치러야 한다. 누대에 걸쳐 살아온 터전에서 힘의 강제에 의해 내쫓겼던 원주민들처럼 뿌리가 뽑혀 내동댕이쳐지는 수난을 당해야 하는 것이다. 그러고는 잡풀이 뽑힌 그 자리에 꽃이나 코스모스가 심겨진다. 인간들의 취향 때문에 해마다 벌어지는 일이다. 그 일을 하고 있는 공공 근로 아낙들 중에는 수십 년 전 산동네에서 이주민들에 의해 내쫓김을 당한 적이 있는 이들도 있었을 것이다.

나는 길바닥에 뿌리 뽑혀 함부로 나뒹굴고 있는 잡풀들에게 이루 말할 수 없는 측은지심과 함께 죄의식을 느낀다. 제노사이드란 인간 세상에만 존재하지 않는다.

11

나도 내가 벅차고 힘들 때가 많다. 내 안에는 내가 통제할 수 없는 수많은 내가 있는데 이들은 무의식의 수면 아래 잠복해 있다가 상황과 계기가 주어지면 불시에 얼굴을 내밀어 온다. 나는 이러한 내가 낯설고 두려워진다. 과연 누가 나인 것인가? 나는 나를 자신 있게 말할 수 없다.

12

사무실 창가 긴 의자에 누워 멀리 목포에 사는 김선태 시인이 부쳐온 시집 『햇살 택배』를 읽고 있는데 열어놓은 창문을 타고 수천수만 마리 햇살 물고기 떼가 몰려와 눈의 호수 속으로 잠입하는 것이었다. 만 근을 매단 듯 무거워오는 눈까풀을 못 이기고 수문을 닫듯 나는 눈을 슬며시 감아버렸다. 우글우글 몸속을 헤엄쳐 다니는 물고기 떼. 까무룩 잠의 늪 속에 빠져드는 시든 몸뚱어리. 초가을 하오의 적막한 평화, 평화로다!

13

나는 시인이지만 자연이나 예찬하고 읊조리는 시인들을 경멸한다. 그것이 중하지 않다는 게 아니다. 그것이 중한 만큼 인간 세상도 중하니 인간 세상에 대한 문학적 애정과 관심이 있어야 한다고 생각하기 때문이다.

말의 온전한 의미에서 그가 진정한 시인이라면 그는 정치에 관심이 많아야 한다. 우리의 나날의 일상은 따지고 보면 정치의 미세한 그물망에 얽혀 있지 않은 것이 없기 때문이다.

요컨대 인간 세상에 대한 애정과 관심을 저버린 자연 애호는 사기거나 가짜이다. 나는 시인이기 때문에 인간 세상에 관심이 많고 인간 차별에 대해 과격하게 분노와 저항을 표출한다. 이러한 행위는 내가 가짜가 아니기 때문에 가능하다.

나 또한 누구 못지않게 자연을 애호한다. 대한민국에는 가짜 정치인 못지않게 모자를 좋아하는 가짜 시인들이 많다.

14

급속도로 짧아지고 있는 풀잎의 그림자에서 저녁을 예감한다. 이제 곧 푸른 시간의 문을 열고 감미롭고 달콤한 몽상의 물결이 밀려와 낮 동안 통나무처럼 딱딱해진 몸을 적셔오리라!

15

우리는 날마다 식물성 음식을 섭취함으로써 태양을 먹게 된다. 그렇다. 태양이야말로 인간 최초의 음식이었고 현존하는 음식이며 최후까지 지속될 음식이다. 태양은 생육의 어머니. 그녀 앞에서 사람은 모두가 젖먹이에 지나지 않는

다. 우리가 그토록 날씨에 민감한 것은 이러한 사정과 무관
치 않다.

16

음지에서만 자라는 식물들이 있다. 머위, 버섯, 고사리, 인
삼, 맥문동, 메밀 등속. 그냥 먹으면 입에 쓰지만 하나같이 몸
에 이로운 것들이다. 인간 세상에도 이렇게 사는 이들이 있
다. 나는 아니다.

17

살면서 자연에 빚진 것이 많다네. 올여름도 벌써 숲에 들
어 이 나무 저 나무들에서 흘러나오는 그늘 말가웃을 꾸어다
썼다네. 여름 나무는 그늘의 화수분. 아무리 퍼다 써도 마를
줄을 모른다네. 세상에 여름의 그늘처럼 깊고 높은 은총은
없다네. 그늘을 입고 그늘을 덮고 그늘을 마시다 오면 내 몸
에서도 그늘이 흘러내린다네. 나는 그늘의 신자. 한여름 내
내 그늘의 신전에서 그늘을 섬기며 산다네.

18

어젯밤 괜한 일로 잠을 설쳐 컨디션이 영 말이 아니다. 흔히 사람들이 나를 오해하는 게 있는데 난 세간의 평가처럼 결코 대범한 사람이 아니다. 대범하기는커녕 예민하기가 대나무 이파리와 같아서 사소한 바람—분란—에도 팔랑팔랑 부스럭대며 속이 시끄러워 전전반측하는 스타일이다. 그런 까닭으로 우리 집 청결 상태가 아주 나쁘지는 않은 편이다. 대나무가 대쪽이라 하지만 대나무처럼 잘 휘어지는 나무도 없다. 참새 몇 마리만 앉아도 몸이 휘청거리는 게 대나무이다. 다만 바람이나 무게가 떠나면 본래의 자리로 우뚝 돌아와 서는 탄력성이 강할 뿐이다. 또 집단 서식하는 특성 때문에 뿌리끼리의 강한 연대감으로 지진조차 이겨내는 힘을 지니기도 한 나무이다. 그런 대나무를 생각하며 오늘을 시작하려 한다. 어젯밤 페친들이 보여 준 우정 어린 연대 의식이 큰 힘이 되었음을 밝히는 바이다.

19

내 안에 여자가 산다. 오늘처럼 하늘이 맑고 투명한 날은 물 좋은 냇가를 찾아 들어가 가마솥 걸어놓고 양잿물 풀어, 있는 대로 광목을 꺼내 푹푹 삶아서 힘껏 방망이 휘둘

러 빤 뒤 언덕에 활짝 널어놓고 싶어라! 아, 그 하얀 눈부심
으로 눈은 멀어도 좋아라! 이런 날은 하늘을 북북 찢으며 산
꿩이 울더라!

20

다저녁 저수지는 삼켰던 산과 나무와 구름을 게워내고 있
었다. 수심을 감춘 저수지. 쥐고 있던 돌멩이를 힘껏 던졌다.
수면을 찢고 돌멩이는 바닥 속으로 투신했다. 검푸른 고요가
잔잔하게 일렁이고 있었다. 저수지의 아가리 속으로 빨려 들
것 같은 공포가 밀려왔다. 내일 아침 저수지는 한때 내가 알
고 지낸 여자처럼 시치미를 뚝 떼고는 여일하게 산과 나무와
구름을 품은 채 은빛으로 찰랑거릴 것이다.

21

닥터 지바고

나를 울린 영화들이 많습니다. 『닥터 지바고』도 그 가운
데 하나입니다.

나는 이 영화를 세 번 보았습니다. 볼 때마다 여전히 울림

과 감동을 안겨 주었습니다. 기회가 주어지면 다시 보고 싶은 영화입니다.

다들 아시겠지만 기억의 환기를 위해 줄거리를 소개하면 다음과 같습니다.

8세의 나이에 고아가 된 유리 지바고(오마 샤리프 분)는 그로메코가에 입양되어 성장한다. 그는 1912년 어느 겨울 밤. 크렘린 궁성 앞에서 노동자들과 학생들이 기마병에게 살해되는 것을 보고 충격을 받는다. 이 일 이후 그는 사회의 여러 뒷면들을 접하게 되고, 의학을 공부해 빈곤한 사람들을 돕고자 꿈꾼다. 그는 그로메코가의 고명딸 토냐(제랄딘 채플린 분)와 장래를 약속하면서 열심히 의학 실습에 몰두하는 중에 운명의 여인 라라(줄리 크리스티 분)와 마주친다. 그녀는 어머니의 정부 코마로프스키(로드 스테이거 분)에게 정조를 빼앗기자 사교계의 크리스마스 무도회장에서 코마로프스키에게 방아쇠를 당겨 총상을 입힌다. 유리는 다시 한 번 이 여인에게 호기심을 느낀다. 그러나 라라에게는 혁명가 파샤(톰 카우트네이 분)라는 연인이 있다.

1914년 1차 대전이 일어나고 군의관으로 참전한 그는 우연히 종군간호부로 변신한 라라와 반갑게 해후한다. 1917년

혁명정부가 수립된 러시아에서 유리와 같은 지식인은 숙청의 대상. 그는 우랄산맥의 오지 바리끼노로 숨어든다. 궁핍하지만 평화가 감도는 곳에서 전원생활을 보내다 적적함을 달래기 위해 시내 도서관을 찾은 그는 우연히 그 근처로 이주해 온 라라와 다시 운명적으로 만나게 된다. 이때부터 라라와 토냐 사이를 오가며 이중 밀회를 지속한다. 그 뒤 빨치산에 잡혀 강제 입산을 당한 유리는 천신만고 끝에 탈출하여 이리저리 방황하다가 전차에서 내리는 라라를 보고 황급히 뛰어가다 심장마비로 절명한다. 이것도 모르는 라라는 내란통에 잃어버린 유리와의 사이에서 난 딸을 찾기 위해 이곳저곳을 기웃거리고 있다.

이상의 줄거리에서 내 기억에 가장 선명하게 남은 두 장면이 있습니다. 라라와 유리가 다시 만나 사랑을 불태우던 어느 겨울의 늦은 밤, 세상은 온통 눈으로 뒤덮여 있는데 자신의 별장 울타리 밖 늑대들이 찾아와 울부짖는 속에서 유리가 얼어붙은 잉크를 녹여 라라를 위한 시를 짓는 장면과 전차에서 내린 라라를 발견하고는 부르려 하나 소리가 나지 않아 허공에 안타까이 헛손질하며 멀어져 가는 라라를 황급히 뒤쫓아 가다 길거리에 쓰러지는 유리의 모습입니다.

특히 마지막 장면을 보면서 마치 뭉친 실 꾸러미에서 실
가닥이 하나씩 시나브로 풀려나오듯 몸 안쪽에서 어떤 원인
모를 비애의 덩어리가 한 가닥씩 풀어져 꾸역꾸역 목구멍 밖
으로 나오는 듯한 감정에 휩싸였습니다. 아아, 무엇을 어떻
게 말할 수 있겠습니까? 산다는 일이란 영원한 숙제란 것을
나는 이 영화를 통해 온몸으로 실감하고 있었던 것입니다.

다음의 시는 그 영화를 보고 나서 유리라는 인물에 내 감
정을 투사해 지은 것입니다. 오래전에 발표한 것인데 고민
끝에 시집에는 수록하지 않은 작품입니다. 시 속의 내용은
내 경험과는 상관없는 지어낸 이야기라는 것을 밝혀 둡니다.

닥터 지바고

군중 속에서
낯선 듯 낯익은 한 여자를 보았다
지붕에서 흘러내린 그늘
마당 가득 검푸르게 출렁거리던
그해 여름 하오
먼지 뽀얗게 내려 쌓인 평상에 앉아
손가락 낙서로 내게 은근한 마음 전하며

수줍게 웃던, 살짝 덧니가 엿보이던,
웃지 않아도 볼우물이 패던 여자
호수처럼 깊은 눈 속에 젖은 돌로 가라앉아
가슴 먹먹하던 그날의 여자를 떠나
처방 듣지 않는 봄을 시름시름 앓고 나니
소년은 훌쩍 자라 어른이 되어있었다

다저녁 여름비 내리고
아욱국 내음 번지는 인환의 거리
등 가려울 듯 등 가려울 듯
그러나 끝내 돌아보지 않고
한 손엔 손때 얼룩덜룩한 가방
또 한 손으로는 꽃 진 자리
얼굴 내민 햇봉숭아같이 앙증맞은 아이 손잡고
총, 총, 총, 시나브로 멀어져 가는 어제의 사랑
까치발로 서서 바라보고 또 바라보았다
내 추억의 뜰
선혈처럼 채송화 꽃잎 뚝, 뚝, 뚝 지고 있었다

22

나는 빗소리가 좋다. 빗소리의 순을 따서 아욱국에 넣어
끓이면 국 맛이 더욱 그윽해질 것 같다. 또 빗소리의 순으로
무침을 해 먹으면 어떨까? 빗소리가 더욱 굵어지면 빗소리
의 넝쿨을 엮어 움막이나 한 채 지어서는 한갓지게 잠이나
청하면 어떨까? 나를 업고 나 바깥으로 멀리멀리 둥둥둥 떠
나고 있는 빗소리여!

23

꽃들이 울었다. 아침에 울고 한낮에도 울던 꽃들은 저녁
이 와도 그치지 않더니 밤새 울었다. 날이 흐려 흐느끼던 꽃
들은 날이 개자 크게 소리 내어 울었다. 바람이 불어도 울고
바람이 그쳐도 울었다. 하얗게 울고 노랗게 울고 붉게 울었
다. 엉엉 웃는 꽃들도 있었다. 사월은 울음의 달. 꽃들이 꽃
들을 부르며 울자 풀들도 파랗게 질려 서럽게 울어대었다.

24

Seoul

서울은 위대한 학교다
내게 참으로 많은 것을 가르쳤다
수위를 아슬아슬 넘나드는
분노와 증오와 우울은 대부분 학습된 것이다
스승은 내게 두꺼운 책을 안겨 주었다
사는 동안 이 책을 나는 다 읽지 못할 것이다
가독성 강한 책을 읽으며 나는 서울의 독실한 신자가 되
어간다
페이지를 덮는 날 나는
세상 밖을 떠돌거나 지하로 숨어들어야 할 것이다
언어의 한계는 세계의 한계
지상에 남기 위해 낮밤으로
주석을 읽고 해설서를 뒤적이며
삶과 죽음을 기록한 복음서
눈과 혀가 닳도록 읽고 또 읽어야 한다
침 튀기는 교사의 가르침을
꼼꼼하게 배우고 읽히는 동안
내 안의 운동장에서 뛰놀던 몽상의 소녀들이 사라졌다

아아, 나도 어엿한 모범 시민이 된 것이다
서울은 뛰어난 학교다

25

언젠가 가방 속 물건들이 일상의 시간을 못 견뎌 하면 테
킬라가 또 슬그머니 당신에게 다가올 것입니다. 내가 물건
을 잃은 게 아니라 물건들이 가방 속을 탈출한 것입니다. 물
건들과 무의식의 공모가 권태로부터의 자유를 가져다 준 것
이라 생각하십시오. 비싸지 않다면 가끔 잃어버려도 괜찮습
니다.

26

2014년은
시차 없이 봄여름 꽃들이 한꺼번에 무더기로 핀 한 해였
고 열일곱 생때같은 아이들 삼백의 목숨이 죄도 없이 바다
에 수장당한 한 해였고 단군 이래 가장 많은 반성과 눈물이
있었던 한 해였고
의혹과 비밀이 여름풀처럼 무성했고 울분과 설움과 증오
가 시청 앞 광장의 분수처럼 치솟았고

밤마다 전국 방방곡곡 촛불이 타올랐다.

2014년은 악마와 괴물과 얼음 인간들의 활약이 두드러진
한 해였고 정치인들은 배우들보다 뛰어난 연기력으로

브라운관을 뜨겁게 달궜고

맛도 향기도 없는 사과를 두 번씩이나 받아야 했고 심약
한 이들이

악몽에 시달리기도 하였다.

2014년 행복할 권리조차 잃어버린 서민들은 미개하다 조
롱받으며 웃음이 빠져나간 지푸라기 같은 얼굴로 기신기신
나날을 연명해야만 했다. 하늘에서 우울과 절망이 낙과처럼
쏟아져 내렸다.

27

이 땅에서 어른으로 산다는 일이 이토록 수치와 모욕인
줄 몰랐다.

부끄럽구나, 어른들의 비열한 욕망이 생때같은 너희 어린
목숨들을 죽음으로 내몰았구나.

생명과 안전 지켜주지 못하는 망국의 아이로 태어나 살게
한 죄 무엇으로 씻을 수 있으랴.

부자들만의 부자들만을 위한 나라에서 너희 목숨값은 티

끌 먼지만도 못하구나.

죽음으로 끝난 소풍을

악용하는 철면피

어른들의 파렴치를 용서하지 말아라.

부패한 어른들을 용서하지 말아라.

무능한 어른들을 용서하지 말아라.

이간질하는 어른들을 용서하지 말아라.

거짓말하는 어른들을 용서하지 말아라.

쉽게 망각하는 어른들을 용서하지 말아라.

책임질 줄 모르는 어른들을

너희는 부디 용서하지 말아라.

2014년 4월 16일 이후 대한민국은 실종되었다.

우리는 행복할 권리조차 잃어버렸다.

28

누군가가 그립다는 것은 그 누군가에 대한 의심과 불안 때문이다. 누군가의 변심이 두려운 나머지 늘 주변을 서성이고 거듭 확인받고 싶은 것이다. 그러다가 시간이 흘러 그 누군가에 대한 믿음이 생겼을 때 홀연 그리움은 사라지게 된다. 그리고 긴 권태의 시간이 찾아온다. 그러니까 그리움이란 기

실은 내 욕망에 불과한 것이다. 대상에 대한 내 욕망의 투사
를 우리는 흔히 사랑이라 부른다. 이것이 라캉의 욕망이론에
얼마나 닿아있는지 모르겠다. 좀 슬프지만 곰곰 생각해 보면
일리가 없지 않다. 그러니 사랑 때문에 죽지 마라. 그것처럼
이기적인 것도 없으니. 고비를 넘기면 투사 대상은 또 나타
나게 마련이다. 이걸 깨닫는 데 오십 년이 걸렸다.

29

낮달

나도 한때 가출하여 세상을 둥둥 떠돈 적이 있지

30

타올라라 촛불이여!

우리는 바람 불면 꺼지는 촛불이 아니다
우리는 바람 불면 더욱 활활
번져 타오르는 들불이다
하나의 촛불은 바람을 두려워하지만

백만 개 천만 개 촛불은 바람을 삼켜버린다

하나의 촛불은 어둠을 숨차하지만

백만 개 천만 개 촛불은 어둠을 지워버린다

목소리와 목소리가 만나서

요동치는 강물이 되고 우뚝 솟은 산이 되는 것을 보아라

일렁이고 굽이치는 촛불 파도가

불통과 불신과 차별과 적폐의 벽을 무너뜨린다

99%의 원칙과 상식이

1%의 반칙과 비정상을 벌하기 위해

일어섰다 쓰레기는 불로 태워야 한다

촛불의 배후는 순수다 양심이다 정의다

우리는 개, 돼지가 아니다

재산을 강탈한 도둑을 잡기 위하여

백만 촛불이 타오른다 천만 촛불이 타오른다

새 세상이 올 때까지 타올라라, 촛불이여!

31

주막 한구석 빈 술병과 함께 쓰러져 흐느끼는 예수를 보
았다. 나는 예수의 낡은 외투 주머니에 만 원권 지폐 한 장

을 넣어주고 바람 드센 거리로 나왔다. 십자가 네온 불빛들이 경쟁하듯 발광하는 휘황찬란한 거리. 버림받은 사내. 오늘 밤 예수는 어디에서 잠자리를 구할 것인가.

32

겨울바람 속에는 시베리아 산 호랑이들이 살고 있다. 어젯밤은 내 팔 한 짝을 베어 물더니 오늘 밤은 어깻죽지와 목덜미를 사정없이 물어뜯고 갔다. 피 맛을 본 놈들은 더욱 날뛰겠지?

33

오늘 점심은 소면을 삶아 찬물로 헹궈낸 다음 열무김치 국물에 말아 훌훌 마시듯 후딱 해치워야겠다. 뻐꾸기 울음을 고명으로 얹어 먹으면 좋을 텐데. 또 기왕이면 느티나무 그늘 평상에 앉아 먹으면 더 좋을 텐데. 너무 큰 호사를 바라지는 말자. 대신 메리야스 차림으로 선풍기 바람 쐬며 화채 떠먹듯 냉수 마시듯 훌훌 쭈르르 먹어보자.

34

내 몸속에는

열 살 먹은 어린이가 살고 있다.

어린이는 가끔 몸 밖으로

튀어나와 동요를 부르고 칭얼대기도 한다.

오늘은 어린이날

봄 소풍날 오 원 주고 산 호루라기를

시도 때도 없이 불고 다녔던 시절로 돌아가고 싶다. 호루
라기를 불면 염소는

풀 뜯다 말고 꽃처럼 이쁜 뿔 흔들어

푸른 울음을 뱉어내고 냇물은

햇살 튕겨내며 은빛으로 반짝이고

가지 밖으로 얼굴 내민 연초록들

하얗게 나부끼고

이 가지에서 저 가지로

넘나들던 새들의 음표도 한 옥타브

높아지곤 하였지.

호루라기 하나로 천하를 호령하던 어린 독재자! 오늘은
어린이날

호루라기가 불고 싶은 날!

35

병실 보호석에 앉아 창밖 하늘하늘 떨어지는 햇살을 잠든 아내 대신 눈으로 만져본다. 어지러운 햇살 속으로 우리들 젊은 날들이 빠르게 왔다가 멀어져 간다. 의견이 맞지 않아 불화했던 날들이 불쑥 주먹을 내밀어 명치끝을 때린다. 오늘의 나를 만든 인연들을 떠올린다. 비바람이 창을 사납게 흔들어대던 여름밤과 기차가 떠난 뒤 남아있던 두 줄의 적색 선로 위에 분분분 내려서 층층층 쌓이던 눈이 눈에 밟혀 오고 풀어놓은 혁대처럼 구부러진, 먼지가 뽀얗게 일던 신작로가 실루엣처럼 떠오른다. 삼십 촉 백열전등 아래 엎드려 이별 편지를 쓰던 저녁과 백내장 앓아대던 가등에 기대 흐느끼던 봄밤이 우련하다.

울음이 타던 그해의 가을 강이 병실 안으로 꾸역꾸역 흘러 들어오고 있다.

36

나 어릴 적 삼동에는 아부지를 따라가 여기저기 논바닥을 헤집곤 하였지. 숭숭 뚫린 바람 구멍을 찾아 삽으로 파 들어가면 어른 엄지손가락 굵기의 미꾸라지가 들어있었지. 주로 아부지가 삽으로 파서 잡아 올리면 내가 준비해 간 양동이에 담았지. 양동이 밑바닥이 꿈틀거리는 미꾸라지들로 그들먹해지면 집으로 돌아와 물로 씻긴 다음 소금을 뿌려놓았지. 그 다음은 엄니의 몫. 고추장을 풀고 파 등속의 갖은 양념에 밀가루 수제비를 떠서 넣은 다음 부글부글 끓인 것을 양푼이나 대접에 가득 담아 대가족 아홉 식구가 이마에 콧등에 땀이 송송 돋아나도록 열심히 먹어대었지. 그러고 나면 찬바람 겨울 따위 거뜬하게 이겨낼 수 있었지.

37

2월은 까닭 없이 마음이 분주한 달. 새해 첫날의 각오는 어느새 빛이 바랬고 벌써, 라는 부사가 마음을 채근하는 달. 3월이 곧 닥쳐오기 전 한 해 농사 준비를 마쳐야 하는데 몸은 굼뜨고 안절부절 시간만 허송하는 달. 여기저기 마음을 빠뜨리고 다니느라 괜스레 속이 허해지는 달. 그러나 2월은 끊겼던 인척의 소식이 들려와 후끈 몸을 덥혀 오기도 하는 달.

38

이제 곧 시골 오일장에 가면 좌판 가득 연초록 신간들 수북하게 쏟아져 나와 있겠다. 햇봄이 햇살과 바람과 구름을 펜으로 토지—흙 토土에 종이 지紙—에 쓴 책들!

39

시는 시작 단계부터 논리를 갖춘 상상력으로 오기보다는 처음에는 엉뚱한, 그야말로 부스러기 같은 일개 상념으로부터 비롯되는 경우가 많습니다.

이를 그럴듯하게 중심 은유, 중심 이미지라 일컫습니다만, 처음 찾아온 이 중심 은유 혹은 중심 이미지를 도와줄 파생 은유와 파생 이미지들을 불러들여 이들을 유기적 조직체로 구성, 직조하면 한 편의 시가 탄생합니다. 물론 이것은 어디까지나 여러 시 쓰기 방식의 하나일 뿐입니다.

가령 저는 아침에 이런 생각, 아니 엉뚱한 공상을 해보았습니다.

베란다 너머 뜰 안에 우람한 덩치의 침엽수를 보면서 저 나무 속에는 수많은 푸른 방들이 있고 엽록소 공장이 있고 수력발전소가 있고 벌레 주민들이 세 들어 살고 그들의 노천학교가 있고 정거장이 있고, 있고 있고 또 있고⋯⋯

이렇게 생각하니 저 한 그루 침엽수는 하나의 마을이요, 국가일 수 있다는 생각이 드는군요. 그러니 함부로 저 나무를 대해서는 안 되겠다는 장한 생각까지 드는 것입니다.

40

나는 여름의 저녁을 좋아한다. 긴 낮이 시들어 풀들이 생기를 되찾고 사물의 윤곽과 경계를 지우며 멀리서 어둠의 잔물결이 다디단 바람을 앞세워 찰랑찰랑 밀려오면 까닭 없이 마음속 풍선이 부풀어 오른다. 느티나무 평상에 걸터앉아 하모니카를 불어도 좋고 주점의 간이 의자에 앉아 친구와 옛날을 추억해도 좋으리. 공기는 조금씩 딱딱해지고 밤이 푸르게 익어가면 하늘의 휘장을 젖히고 별들이 앙증맞게 반짝반짝 얼굴을 내밀어 오겠지. 나는 수박 냄새를 풍기며 저벅저벅 걸어오는 여름의 저녁을 사랑한다.

41

비 오기 전에 부는 바람이 나는 좋다. 비의 전령사. 비의 심부름꾼. 비의 우체부. 비의 택배 아저씨. 비의 카톡. 비 오기 전 막 생겨난 녹색의 바람이 나뭇가지를 흔들 때 파랗게

몸을 뒤집으며 환호작약하는 이파리들을 보아라. 절로 태어
나는 기쁨이 아니냐. 와아! 비가 온다! 비 오기 전 들뜨는 표
정의 온갖 사물들을 보아라! 비 마중 나서는 내 몸도 벌써 촉
촉이 젖어온다. 사랑하는 비야, 어서 달려오려무나! 너를 맞
아 내 몸은 흠뻑 젖어도 좋으련!

42

비 오는 날은 누군가에게 마음을 자꾸 엎지르고 싶은 충
동이 인다.

43

내 마음은 한지. 강풍에는 절대 찢어지지 않으나 물에는
한없이 약해 오늘처럼 구죽죽 비 오는 날엔 젖어 찢어질까
아슬아슬 두렵다.

44

비애의 감정을

몰고 오는 비

나부끼는 비애

쏟아지는 비애

흘러가는 비애

나를 울고 있는

비

45

비 갠 여름 저녁 골목으로 탕약 달이는 내가 번지어왔다. 우묵한 향내가 오는 곳을 찾아 냄새를 뒤적이며 골목을 샅샅이 훑었으나 끝내 찾지 못했다. 이마에서 까닭 없이 미열이 끓고 나는 불쑥 옛날이 그리워 목이 메었다.

46

큰비 온 뒤 통통 살이 오른 유년의 냇가에 가면 흐르는 물을 거슬러 올라오는 송사리 떼가 있었지요. 물길에 미리 준비해 간 체—가루를 치거나 액체를 거르는 용구—를 대고 있다가 안에 들어오기가 무섭게 잽싸게 채 틀어 올려 그들을 잡아 올리곤 하였답니다. 그렇게 잡은 것들로 엄니는 어죽을 끓여 내곤 하였는데 가난한 시절 나름 별미였지요.

비 온 뒤 송사리들은 왜 그렇게 한사코 상류를 향해 거슬러 올라왔던 것일까요? 갑자기 불어난 물살이 그들 몸속 잠자는 본능을 깨운 탓이겠지요. 왜 있잖습니까? 우리도 갑작스레 환경이 바뀔 때면 까닭 없이 탯줄 묻은 고향이 문득 눈에 밟혀 오듯이 말입니다. 근원에 대한 회귀본능이 그들을 그렇게 충동질하였겠지요. 더러 죽음을 감수하면서까지! 그날의 송사리들이 보고 싶은 아침입니다.

47

비 오는 여름 저녁에는 수제비를 자주 먹었지. 대식구가 두레 밥상에 둘러앉아 이마에 송송 돋아나는 땀방울을 손등으로 훔쳐내며 양푼 속 얼큰 수제비를 떠먹던 저녁은 얼마나

평화로왔던가. 장대비는 마당에 대못을 꽝꽝 박아대며 줄기
차게 쏟아지고 반쯤 허물어진 돌담 너머 수만 갈래의 논두렁
가득 흙물이 출렁거리고 풀어놓은 혁대처럼 구부러진 둑길
을 따라 걸어오는 상행선 열차의 기적 소리가 우렁했지. 비
오는 여름 저녁 헐한 속을 뜨겁게 덥혀 주던 얼큰 수제비 한
그릇 어디 가면 먹을 수 있을까?

48

지붕 낮은 집에 들어가 칼국수 한 그릇과 이 홉들이 소주
한 병을 시켜놓고 유리창 너머 비 내리는 거리를 바라본다.
하염없다는 감정을 저렇게 투명하게 보여 주는 초여름 비 불
쑥 매캐한 설움이 눈가에 자욱하다.

49

자려고 불을 끄고 침대에 누웠는데 창문 밖으로 비 오는
소리가 들려옵니다. 소리만으로 촉촉하고 시원하군요. 소리
에도 살이 있는 듯 물컹하고요. 오늘 밤은 빗소리를 덮고 자
야겠어요. 빗소리가 내 몸의 계곡을 따라 흐르는 감촉을 즐
기며!

50

어릴 적 시골집 흙담 밑에서 자라던 익모초, 양기의 계절
에 먹으면 더욱 효험이 있다는 약재, 혈액순환과 신장에 좋
다는, 그 쓰디쓴, 가문 날의 오이 꼭지보다도 더 쓰고 소태맛
보다도 더 쓴 익모초즙을 한 대접 걸걸하게 마시고 싶다. 쓴
맛으로 진저리 치고 나면 이 덥고 습한 세상이 거짓말처럼
비 갠 뒤의 냇둑같이 푸르고 밝아질 것 같기에, 내 몸 구석구
석을 온통 쓴 물로 채우고 싶은 것이다.

51

아파트 위층에서 누군가 연주하는 아코디언 소리가 아주
가늘게 귀의 골목 속으로 걸어 들어온다. 어버이 은혜다. 그
러고 보니 이번 달에는 기념할 일들이 많구나! 어버이 돌아
가신 지 벌써 수십 년! 오늘따라 청승맞은 가락이 뭉클, 가슴
에 까닭 모를 회한의 덩어리를 묵직하게 얹혀 놓는다. 어버
이 살았을 적 섬기기를 다하여라! 나는 그러하지 못했다. 눈
물 한 방울이 또르르 눈가에서 흘러나와 볼의 습자지를 적신
다. 바깥은 비 올 듯 회색 커튼이 두껍게 쳐져 있다.

52

가뭄

저수지가 자신의 몸속에 담고 있던 풍경들을 하나둘씩 아프게 게워내고 있다.

53

비가 다녀간 뒤 기온이 큰 폭으로 떨어졌다. 비로소 절기다운 날씨가 찾아온 것이다.

오늘 같은 날은 시골집 아궁이 앞에 쭈그려 앉아 밤이 깊도록 하염없이 불을 때고 싶다. 혀를 날름거리며 끝도 없이 땔감을 삼키어대는 불과 불의 약한 틈새를 노리며 거듭 밀려올 태세인, 자욱하게 우거진 어둠과의 보이지 않는 길항의 한가운데 앉아서 배화교도가 되어 속절없이 불에 도취하고만 싶은 것이다.

54

새가 공중을 날고 있다.

공중은 하늘에 속한 책

새가 밑줄을 긋고 있다.

55

숲에 가서 한 그루 나무로 서서

오는 비를 고스란히 맞고 싶다.

비는 어깨를 물었다 뱉고는

쇄골에 살짝 고였다가 흘러내려

발등에 수북하게 쏟아지겠지.

둔부의 둑을 타 넘거나

가슴의 평원을 지나

삶의 절벽에서는 폭포수가 되어

곧은 소리를 내며 떨어지겠지.

숲에 가서 한 그루 나무로 서서

비의 내연이 되고 싶다.

56

어릴 적 내가 미취학 아동이었을 때 우리 집 돼지우리는 싸리울 밖에 있었다. 엄니 아부지가 농사일로 집을 비운 어느 날 나와 이웃 또래가 돼지우리 근방에서 불놀이를 하다가 때마침 불어오는 바람에 불티가 날리는 바람에 그만 돼지우리 지붕—모옥—에 불이 옮겨붙고 말았다. 활활 불길이 치솟고 있었다. 돼지가 뜨겁다고 꽥꽥 소리를 질러대고 있었다.

밭일 논일을 하다가 너울대며 치솟기를 반복해 대는 불길을 보고 엄니 아버지와 이웃들이 달려왔을 때는 이미 돼지우리가 홀라당 다 타버린 뒤였다. 화가 난 아부지가 우릴 돌아보았다. 나와 또래는 약속이나 한 것처럼 방금 차가 지나 갔는지 뽀얀 먼지가 이는 신작로를 절뚝이며 하염없이 부지 하세월로 걸어가고 있는 상이군인을 손가락질로 가리켰다.

그와 동시에 아부지와 이웃들이 연장을 집어들고 고함을 질러대며 그 사내의 뒤를 쫓았다. 영문도 모른 채 사내는 절 뚝거리는 걸음으로 세차게 길을 잡아당기며 줄행랑을 놓고 있었다.

그날 우리 식구와 이웃들은 생전 처음 돼지고기로 포식을 하게 되었다. 정말 기가 막히게 맛있는 고기였다. 그날 저녁 냠냠 쩝쩝대는 소리가 하늘에 가 닿았을 것이다. 그날 밤 별 들이 유난히 초롱초롱 빛났던 걸로 보아.

나의 고해성사를 듣지 못하고 두 분은 돌아가셨다. 하지만 두 분도 당신들의 자식이 저지른 일이라는 것을 내심으로는 알고 계셨을 것이다. 그러지 않고서야 뒤쫓아 충분히 잡을 수 있었음에도 절뚝거리며 도망가는 그 사내를 쫓다 말고 되 돌아오셨을 리 없지 않은가.

아, 다시는 맛볼 수 없는 그날의 돼지고기여! 눈에 삼삼

한 그리움이여!

57

오늘은 문득 징검다리가 보고 싶었어. 왜 있지 않아? 옛 시골 마을 냇가에 흔했던 그 징검다리 말야. 요즘은 냇물이 흔치 않으니 징검다리 만나기가 어려워. 냇가가 있는 곳에도 교각이 들어서는 바람에 징검다리가 없지. 징검다리처럼 이타적이고 헌신적인 존재가 어디 있을까? 늘 젖은 몸으로 우리를 젖지 않게 하려 애쓰던 징검다리에서 위대한 모성을 읽곤 하였지. 오늘은 문득 징검다리가 자꾸만 눈에 밟혀 왔지. 세상이 하도 험악해지니 나도 몰래 불쑥 떠올랐는지도 모르지.

58

연사흘 비가 내리니 거리의 집들이 둥둥 떠다닌다. 쏟아지는 비가 도시를 이리저리 끌고 다닌다. 둥둥 집들이 떠다니는 동안 집 속 사람들이 떠다니고 사람들이 떠다니는 새 사람들 몸속 퉁퉁 불어터진 마음들이 부표처럼 떠다닌다. 깊게 뿌리 내린 나무들만이 안테나처럼 길게 가지를 뻗어 하늘과 교신하고 있다.

59

여름은 시끄러운 계절이다. 개구리가 울고 매미가 울고 산란기의 새들이 짝을 찾아 울고 물속 유영하는 물고기들 살이 오른다. 나무들은 사방팔방으로 가지를 뻗고 불쑥 떠오른 생각처럼 바람이 불 때마다 팔랑팔랑 나뭇잎들은 몸을 뒤집는다. 숲에는 그늘이 고여 출렁이고 괄약근이 약해진 하늘에서 요란한 천둥 번개와 함께 큰비가 내리고 계곡과 냇가에는 갑자기 분 물이 괄괄 소리를 내며 흐르는데 비 갠 하늘에 갑자기 나타난 비행기가 폭음을 쏟아놓고 사라진다. 사람들도 까닭 없이 속이 시끄럽고 분주하여 자주 집을 비운다.

60

그해 여름밤 나 홀로 냇가와 나란한 둑길을 걷고 있었다. 두서없이 떠오르는 생각과 함께 걷고 있었다. 냇물을 따라오는 달빛과 더불어 걷고 있었다. 한 발짝 앞서가는 달의 숨소리가 귀에 환했다.

61

오늘은 큰비가 찾아온단다. 큰비가 오는 날은 엄니와의 상봉이 이루어지는 날이다. 엄니는 죽음 바깥이 그리운 날은 비의 음성으로 찾아오시곤 한다. 구시렁구시렁 생전에 내게 퍼붓던 잔소리며 욕설을 빗소리로 퍼부어 대시는 것이다. 한 시간이 아니라 두 시간이 아니라 해종일 그놈의 잔소리를 질리지도 않게 줄기차게 비로 내리시는 엄니의 축축한 음성에 먼지 푸석이는 생이 젖어 흥건해지면 이상하게 나는 어느새 근심을 벗고 한결 생활이 홀가분해지곤 하는 것이어서 내리는 비의 살에서 돋는 들쩍지근한 냄새의 넝쿨이 몸을 휘감아오는 환에 빠져들고는 하는 것이다.

62

어린 시절 여름날 점심 후 작열하는 태양을 피해 어른들은 낮잠에 들고 누렁이도 마루 밑에 기어 들어가 오수를 즐길 때 나는 하릴없이 사립을 나서 들길을 걷는 때가 많았다. 백지처럼 텅 비어있는 들길을 걷다 보면 면도날 같은 햇볕의 날이 정수리를 아프게 베고 불쑥 생각이 났다는 듯 비탈을 타고 내려온 바람이 간간이 흙먼지를 일으키곤 하였다. 변화 없는 풍경은 권태의 얼굴을 하고 있었다. 어린 마음에

이유를 알 수 없는 울화가 도져 무인지경의 길의 끝까지 걸
어갔다가 되돌아오고는 하였는데 아아, 상거 이십 리 구간의
그 길에 등골이 오싹할 정도로 무섭게 들끓던 적막을 지금
도 나는 잊지 못한다.

63

저수지는 권태에 관한 책이다. 둑에 앉아 동어반복의 수면
을 읽는다. 일 년 365일을 읽는다.

저수지는 인내에 대한 책이다. 둑에 서서 순환 반복의 수
면을 읽는다. 일평생을 읽는다.

64

여름은 소음이 번성하는 계절이라고 일찍이 시인 김수영
은 시로써 말했는데 과연 여름이 되니 여기저기에서 소음이
번쩍, 번쩍하는구나. 열어놓은 베란다 창문으로 꼬맹이들 놀
며 다투는 소리가 앞다투어 들려오고 트럭 상인들 마이크 소
리가 거실까지 들어와서 이 방 저 방 속을 기웃거린다. 새소
리 서너 방울이 또르르 굴러와서는, 소파에 비스듬히 누워있

는 발바닥 근처에 와서 머문다. 간간이 멀리 자동차 클랙슨 소리의 손톱이 달려와 앙칼지게 유리창을 긁어대며 낮잠의 연한 피부에 생채기를 남길 때도 있다. 이제 곧 여름 매미들 짝짓는 소리들도 소낙비처럼 요란하겠지. 여름은 소음만큼 소문도 번성해서 입과 귀가 쉴 틈이 없다.

65

제비 그립다. 여름날 아침 송판 마루 빙 둘러앉은 식구들 달그락달그락 밥 먹느라 바쁘고 처마 밑 제비 집 갓 태어나 눈먼 새끼들 아침 먹는 소리에 시끄러웠지. 가끔 물똥이 밥상머리에 튀는 때도 있었지만 누구 하나 구시렁대는 이가 없었지.

66

6월 저수지 둑 말뚝 둘레 오가며 풀 뜯던 흑염소 한 마리 어지간히 배가 불러오는지 나무 그늘에 앉아 한가로이 먼 산 바라보는데 우물 같은 그의 눈 속에 흰 구름 한 장 들어와 둥실 떠있다.

67

냇물 속 구름 치어들 몰려와 입질해 대면 간지러운 듯 몸 흔들고 놀란 치어들 저만치 물러났다 다시 몰려와 옴찔옴찔 구름의 살 물었다 뱉었다. 저 고요의 마을에서 일박할 수 없을까?

68

거미집은 거미가 허공에 파놓은 저수지.

한여름 수면에 둥둥 떠다니는 익사자들.

69

일급 장애수들인 플라타너스 가로수들이 퍼렇게 욕설을 내뱉고 있다. 팔다리 잘린 몸뚱어리에 무성하게 매달은 무수한 이파리들. 해마다 나무들의 수평 욕망을 무참하게 절단해 온 서울 시민들을 향해 시퍼렇게 욕설을 내뱉고 있는 것이다.

70

길가에 버려진 구두 한 짝. 소가죽으로 만든 그 구두의 뚫린 밑창으로 밟아온 길들이 새고 있었고 바깥으로만 닳아서 반원의 형상으로 반질반질하였다. 그렇다면 소는 죽어서도 고역에서 놓여나지 못하다가 저렇듯 쓸모를 다해 아무렇게나 버려져서야 비로소 안식에 들었다는 뜻이 아닌가. 나는 식솔의 부양을 위해 죽음을 담보로 보험에 든 한 가장의 얼굴을 떠올렸다.

71

유월은 빨래하기 좋은 달. 삶아 빤 빨래들을 바지랑대로 키를 높인 빨랫줄에 가지런히 널어놓고 한가하게 툇마루에 걸터앉아 담 너머 앞산에 눈 주는 틈틈이 물을 바닥에 내려놓으며 파랗게 말라가는 양을 바라보고 싶다. 이윽고 다 말라 가벼워져서는 툭툭, 차대는 바람의 발길질에 이리저리 나부끼는 생활을 거두어 보기 좋게 개키고 싶다. 책력에는 빨간 날짜가 두 개나 들어있다.

72

옛날 시골집처럼 천장에 석주 같은 메주들을 매달고 거실 한구석 콩나물 시루를 들여놓아 노란 대가리들을 내밀고 올라오는 콩나물들에 물을 주면 울울창창 빈틈없이 서있는 콩나물들을 통과한 물이 식구들의 잠을 뚫고 바닥에 떨어지면서 내는 소리가 투명하게 들릴 텐데…… 그러면 한밤중 불 꺼진 거실은 한 채의 온전한 동굴이 될 텐데……

73

지금 밤 아홉 시가 넘은 시각인데도 공터에서 아이들 노는 소리가 베란다 열린 창으로 가감 없이 통째로 들어오고 있다. 모처럼 참으로 살가운 소란이다. 저 때 묻지 않은 소음에 큰절 올리고 싶다. 사람 사는 세상에 사람의 목소리만큼 정겨운 것이 어디 있으랴! 나는 아이들의 생기발랄한 소음이 거실에서 맘껏 뛰놀 수 있도록 티브이 볼륨을 두 단계 내려 준다.

74

아파트와 빌딩과 관공서와 전동차와 버스와 백화점과 은

행과 식당과 지하상가 등지에서 쫓겨 나온 더위들이 거리에
서 우거진 채 농성 중이다.

75

제비가 그립다

해마다 여름이면 식구가 늘었다
처마 밑 세 들어 살던 새댁은
다산한 여인답지 않게
몸매가 매끄러웠다
이른 새벽 빨랫줄에 앉아
내 늦은 아침잠을 깨우며
쉴 새 없이 잔소리해 대던
그녀가 나는 귀찮았지만
하늘 밭을 경작하던
그 날렵한 동작에 넋을 놓기도 했다
아침 일찍 사립을 나선 그녀가
저녁이 오기도 전에 서둘러 귀가한 날은
비릿한 살냄새를 풍기며 비가 쏟아졌다

콕콕, 매연의 부리에
몸 쪼일 때마다
마음 저 안쪽에서 들려오는
아, 정다운 목소리
지지배배, 지지배배

76

나무가 위대한 것은 죽어서 바닥에 몸을 눕힐 때까지 줄기
속 그리움과 기다림의 이파리들을 끝끝내 가지 밖으로 내민
다는 데 있다. 그 어떤 위대한 영웅의 의지가 나무의 욕망을
따를 수 있으랴? 혁명가여! 나무를 따르라!

77

내가 죽으면 과연 나를 위해 울어줄 사람이 있을까? 나는
죽은 내가 서러워 엉엉 울고 있었는데 그런 나를 주위 사람
들이 이상하게 바라보았다. 화들짝 놀라 깨어나서 얼굴을 만
져보니 비가 다녀간 밭둑 같았다.

78

초등 시절 방학이면 입 하나라도 덜려는 속셈으로 친척 집을 며칠간이라도 다녀오는 풍습이 있었다. 나는 집에서 이십 리 떨어진 읍내(강경읍) 큰고모 집에 며칠 가있곤 했는데 그 며칠이 몇 달처럼 길고 지루하기만 했다. 큰고모와 고모부는 떡방아와 솜틀집을 겸하고 있어 늘 바쁘게 지냈고 나보다 십 년 연배인 사촌 형은 아침부터 어디를 싸돌아다니는지 코빼기도 볼 수가 없었다. 나는 대개 큰고모 가게 앞, 그곳에서는 제법 알아주는, 유서 깊은 성심약국 근방을 배회하거나 아무도 없는 텅 빈 방에 누워 공상에 젖어있곤 하였다. 한번은 용기를 내어 골목을 돌다가 우연히 국숫집에서 국수 가락을 말리는 장면을 만나게 되었는데 햇볕 속에서 하얗게 빛을 반사하며 말라가는 면발들이 신기해서 한참을 넋 놓고 바라보았다. 이러구러 그렇게 징역살이처럼 고된 일과를 보내고 사흘이나 나흘 뒤 집으로 돌아왔지만 아무도 반기는 이는 없었다. 여름 하면 내겐 비닐이나 고무같이 잘 썩지 않는 질긴 사물의 모습이 떠오른다. 지금은 두 분 다 강 건너가시고 솜틀집도 약국도 없어졌지만 그 시절 그 권태의 영상만은 흐릿하게나마 머릿속에 고스란히 박혀 있다.

79

한여름 집 앞 동네 우물 옆에는 수령을 알 수 없는 팽나무
가 스무 평 남짓 그늘 농사를 짓고 있었는데 그 그늘 속으로
방물장수며 아이스케키 장수가 들어와 부은 발등과 투덜대
는 무릎을 달래다 갔다. 그런데 아이스케키 장수는 가끔 우
리 꼬맹이들을 불러 모아서 위험한 제안을 하곤 하였다. 집
에서 병이나 고무신을 가져오면 아이스케키를 준다는 거였
다. 매번 그 말이 떨어지기가 무섭게 혀 안에 팥 섞인 얼음
의 달콤한 맛이 한가득 고여 참기가 어려웠다. 그러던 어느
날 나는 결국 유혹을 이기지 못하고 집으로 달려가 눈에 불
을 켠 채 집 안 구석구석을 뒤졌지만 그 흔턴 병 하나가 없었
다. 한참을 헛심을 쏟고 난 뒤 뒤꼍을 돌아 나오는데 뜰방에
놓인 아버지의 검정 고무신이 불쑥 눈에 들어왔다. 아버지는
서까래가 들썩이도록 코를 골며 오수에 빠져있었다. 아무 생
각 없이 고무신을 들고 나가 아이스케키와 바꿔 먹었다. 아
이스케키 장수가 마을 초입을 빠져나가기도 전에 얼음과자
가 녹고 손에는 홀라당 작은 막대기만 남아있었다. 눈앞이
깜깜했다. 저녁도 거른 채 밤늦게까지 동네를 배회하다 어둠
을 틈타 몰래 사랑방으로 잠입하니 내 대신 종아리를 맞은
연년생 동생이 울음 자국이 남은 얼굴로 새근새근 잠에 들어
있었다. 추억은 더위를 먹지 않는다.

80

매해 첫날에 들여놓은 한 가마니 시간의 쌀을 아무런 자의식 없이 하루 이틀 먹다 보니 어느새 홀쭉해진 가마니가 바닥을 보이고 있다. 두 달 뒤 명년 첫날에는 또 버릇처럼 묵은 가마니 딱딱 털어 개어놓고 시간의 쌀 가득 들어있는 새 가마니 한 장 들여놓겠지. 그러다 신께서 내게 하사하신 적량의 가마니들 시나브로 다 털고 나면 난 문득 시간을 벗어난 자가 되어있을 거야. 든 자리는 몰라도 난 자리는 안다더니, 요새 들어 자꾸 줄어들고 작아지고 새는 것들에 눈이 간다. 십일월이다. 대과 없이 한 해를 마무리 짓자! 아, 삶을 관장하는 시간의 주인이시여!

81

아포리즘은 분명 매혹적이지만 경험적 진실에 의한 깨달음이 아니었을 때 그것은 관념의 포즈에 지나지 않는다. 베니어판처럼 얇은 벽에는 못이 쉽게 들어가지만 그런 만큼 쉽게 빠진다. 진실의 구현도 이와 다르지 않다. 나는 너무 크게 말하는 사람을 믿지 않는다.

새벽길 서리 맞아 축축한, 행인의 구둣발에 비명도 없이 밟히고 있는, 저 낙엽은 한여름 작렬하는 태양을 가려 그늘 짜던 서슬 푸른 한 잎 이파리였다.

82

시는 작고 초라하고 못나 버림받고 외롭고 낮고 쓸쓸하고 찌들고 서럽고 춥고 그늘지고 처량하고 처연한 가운데 높은 것을 노래하는 것이지, 크고 빛나고 잘나고 우뚝하고 호령하고 편안하고 행복하고 거창하게 말하는 게 아니다. 인류애니 평화니 하면서 크고 거창하게 추상어를 남발하는 이 치고 구체적 일상에서는 타자에게 까닭 없이 엄격하고 인색한 경우가 많다.

83

귀뚜라미 울음소리 한번 듣지 못하고 산국화 한 송이 보지 못하고 보도블록에 떨어진 낙엽 밟으며 마중과 배웅도 없이 가을을 맞고 보냈네. 작년에도 재작년에도 오 년 전, 십 년 전에도. 간이역을 통과하는 기차처럼 매년 나를 빠르게 가을은 지나쳐 갔네.

84

왜 살면서 적들이 늘어나는 것일까? 용서할 수 없는 적들이!

내가 아직 바라는 게 많기 때문이다. 내가 아직 희망을 버리지 않았기 때문이다.

이제는 증오가 싫다. 하지만 세상은 내게 증오를 떠나지 못하게 한다.

증오는 파도처럼 밀려온다. 나는 방파제의 인생을 떠날 수 없다.

징그럽다!

85

오늘 아침 출근길에 나는 전동차 안 승객들의 신발들을 유심히 살펴보고 입성을 본 후 얼굴들을 일별하였다. 물론 이것은 은밀하면서도 재빠르게 진행된 일이어서 승객들은 전혀 눈치를 챌 수 없었으리라. 같은 색깔 같은 문수 같은 형태

의 신발을 신은 이들은 없었으며 동일한 색상과 형태의 옷을
입은 이들도 없었다. 또한 어깨에 메고 있거나 무릎 위에 올
려놓은 가방들도 그러하였으며 얼굴 생김새와 표정들은 그
야말로 천차만별이었다. 천상천하유아독존이 아닐 수 없었
다. 외양이 이토록 다른데 속생각이 같을 리 만무하다. 사정
이 이러할진대 각기 다른 이들이 동일한 사유를 품는 일이
어찌 가능할 수 있겠는가? 세상이 시끄러운 것은 당연한 이
치이다. 소음은 허용되어야 한다. 요컨대 시끄러운 사회야말
로 열린 사회라 말할 수 있다.

86

한여름 비바람 몰아쳐도 수분 안 된 꽃 떨어지지 않고 늦
가을 강풍 불어와도 물 빠지지 않은 이파리들 떨어지지 않
는다.

서로가 경원해도 헤어지지 못하는 이들이여,
아직 너와 나 사이 수분 안 된 탓이고
사랑의 물기 남은 탓인 줄 알아라.

87

후회가 없는 삶처럼 밋밋하고 밍밍한 생은 없다. 그대의 일생이 강물처럼 푸르게 일렁이는 것은 그대가 살아오면서 저지른 실수의 파고 때문이다. 후회는 생활의 교사. 후회가 없는 삶을 후회하여라.

88

하나의 나뭇잎이 날려도 가을볕이 줄어드는데

온 천지 바람에 날리는 낙엽, 낙엽들 못 견디게 세상이 캄캄, 어두워진다.

스러지는 나뭇잎 하나가 눈앞을 스치는데

몸이 상한다고 목 축일 술을 마다하랴.

89

추수가 끝난 한낮 빈 벌판엔 능선을 타고 내려온 된바람이 마른 흙을 날리며 불고 있었다. 아부지는 용케도 미꾸라지가 숨어있는 구멍을 찾아내어 삽으로 땅을 후벼 파냈다. 구멍 속에는 엄지 굵기의 미꾸라지가 잠자고 있다가 영문도 모른 채 끌려 나왔다. 나는 아부지가 캐낸 미꾸라지들을 바께쓰에 담았다. 반 넘어 차도록 아부지의 삽질은 멈출 줄을 몰랐다. 해가 뉘엿뉘엿 기울어 산그늘이 지붕을 타 넘으면 집으로 돌아와 수확한 양식을 엄니에게 건넸다. 엄니가 해감한 미꾸라지들에게 왕소금을 뿌리고 된장을 풀어 푸성귀와 함께 가마솥에 넣어 끓인 추탕을 식구들은 땀을 뻘뻘 흘리며 먹었다. 삼동 추위가 저만큼 물러나고 있었다.

90

천장에서 가래 끓는
선풍기가 돌아갈 때마다
파리 떼처럼 날아올랐다.
내려앉는 피비린내 자욱한
생닭집 오늘도
어제처럼 붙박이장으로
서서 모가지를 자르고
내장을 따로 분리해 버리고
생닭 포장해 팔면서 때 전 전대에
돈 넣을 때 낮달처럼 우련하게 웃는
보령댁 오늘은 특별한 날
평일보다 이른 늦은 저녁

팔고 남은 서너 마리

비닐에 싸서 쇼핑백에 넣어 가게를 나선다.

집 앞 화원에 들러 꽃을 사고

제과점에 들러 케이크를 사

현관에 들어서기가 무섭게 뚝딱뚝딱

생일상을 차리고 밤 깊어서야

한숨 돌린 그니는

낡은 침대에 누워 보채는 남편의

거시기를 전투적으로 주물러댄다.

91

나무들의 카톡

수십 마리 참새들이 이 가지에서 저 가지로, 저 가지에서 이 가지로, 이 나무에서 저 나무로, 저 나무에서 이 나무로 여울처럼 빠르게 흐르는 것을 볼 때마다 수십 개 열매들이 순식간에 열렸다 떨어지는 것 같다. 날아다니는 열매들! 열매들은 쉴 새 없이 재잘거린다. 이 즐겁고 경쾌한 소음을 나는 나무들의 수다로 듣는다. 그렇다, 나무들은 지금 새들의 입을 빌려 속내를 털어놓고 있는 것이다. 그림자의 키가 자라는 겨울 하오 나무들의 잡담이 귀에 달다.

92

영화 『보헤미안 랩소디』를 오늘에야 보게 되었다. 내 취향(나는 갱 영화나 첩보 영화를 좋아한다)은 아니지만 그런대로 재미있게 보았다. 항용 이런 경향의 영화가 그렇듯이 이 영화도 갖추어야 할 조건들 예컨대 동성애, 에이즈, 술과 담배 등이 배경을 이루고 있었다. 그러나 감수성 예민한 페친들처럼 눈물은 나오지 않았다. 마지막 노래 공연 장면은 압권이었다. 노래에는 확실히 마약 같은 주술성이 들어있다. 노래는 불이다. 너무 가까이 하면 인생이 탈 수 있다. 적당한 거리에서 쬐는 게 좋다.

93

상강, 입동 지나 소설에 드니 한층 그늘 얇아지고 파리해졌다. 군데군데 해진 곳 볼썽사납다. 나뭇잎에서 발원하여 가지와 줄기를 타고 흘러내리던 그늘의 수심은 얼마나 깊었던가. 나뭇잎 하나 가지를 떠날 때마다 줄어드는 가을볕, 얄아지는 그늘의 여울, 그늘 끼고 살며 편애하던 이들이 그늘을 피해 걷고 있다.

94

홋카이도에 들어오는 날부터 오늘까지 눈은 간간이 내렸다 그치고 다시 내렸다 그치고를 반복하고 있었다. 숲의 설경은 눈이 멀도록 눈부셨다. 하지만 숲속 헐벗은 나목들과 침엽수들은 적층의 무게를 못 이겨 가지가 활처럼 휘어져 있었다. 명년 봄 5월에나 되어서야 저 나무들은 백색의 비명을 덜어낼 수 있을 것이었다. 때로 시선은 폭력이 될 수 있다. 여행이 끝난 뒤에도 한동안 나는, 내 안쪽에 도사린 나무들 떠올려 글썽글썽, 눈빛이 젖어올 것이었다.

95

침실에 와서 아내가 말한다.

눈이 오고 있어!

응, 그래?

나는 어젯밤 마신 술로 몸이 무거워 일어나기가 싫다.

눈이 오는데,

눈을 봐야 하는데

베란다 창문까지 가는 길이

백 리처럼 멀게 느껴져

게으름을 피우고 있는 것이다.

눈이 오는데

눈이 오는데

아아! 첫눈이 내린다는데.

96

하늘이 통째로 무너진 듯 캄캄하게 눈이 내려 천지를 분간
할 수 없는데 적설을 뚫고 19세기식 기차가 회색 연기를 내
뿜으며 대륙을 횡단하고 있다. 밀수꾼과 아편쟁이와 도박꾼
과 사랑을 위해 야반도주하는 연인과 혁명을 꿈꾸며 품 안
에 권총을 품은 청년과 죽음을 앞둔 노인과 갓 태어난 젖먹
이와 육손이와 사팔뜨기와 애꾸눈과 장사치들을 태운 기차
가 지금 눈앞에서 한 마리 거대한 짐승처럼 거친 숨을 토하
며 달리고 있다.

97

도끼로 장작을 팰 때 장작은 전체가 입이 된다. 장작은 입

을 벌려 도끼를 문다. 크게 내려치면 크게 물고 작게 내려치
면 작게 문다. 잽싸게 물고 있다가 순식간에 뱉어낸다. 그러
나 물고 뱉는 동안 입은 닳아 작아지다가 마침내 없어진다.

98

새들은 왜 똥구멍으로 알을 낳을까? 똥구멍에서 태어나느
라 똥 묻은 것들이 부화하여 날개를 달자 어제를 잊은 듯 날
렵하게 하늘을 난다.

99

내 그리운 것들은 산에 가있다. 쏟아지는 눈을 이불처럼
덮고 있거나 낱알 같은 햇볕을 세며 쬐고 있거나 뼛속을 파
고드는 비에 속수무책 젖고 있거나 수북이 쏟아지는 별빛을
모자로 쓰고 있거나 파릇파릇 잔디를 키우거나 장끼를 날려
고요를 찢고 있다. 눈을 감아야 더욱 또렷하게 보이는 것들
은 산에서 산다.

100

호흡처럼 연기로 하루를 열고 닫던 시절이 있었지. 저녁이 되면 주변을 기웃거리는 버릇이 있다네. 집의 영혼. 조석으로 피어오르던 그 많은 연기들은 어디로 다 사라진 것일까? 멀리 떠나 있다 해거름 돌아올 때면 호명처럼 손 까불며 반기던 연기. 겨울 저녁 내 마음의 굴뚝에는 종소리처럼 솟아올라 파랗게 높이높이 울려 퍼지는 연기가 있다네.

101

쉼 없이 흐르는 강에게도 의자가 필요할 때가 있을 것이다. 한강에게 의자는 두물머리나 밤섬, 선유도 정도가 되지 않을까? 의자에 앉아 잠시 유속을 멈추고 숨결을 가다듬다가 다시 힘을 내 흐르는 강물을 본 적이 있다. 강은 바다에 와서 죽어 새로이 한 생을 얻을 때까지 보폭을 멈추지 않는다. 오늘은 한강에 나가 가을 들어 바짝 여윈 강물을 안쓰럽게 바라보다가 물결 위에 수취인 없는 편지나 쓰고 와야겠다.

102

낙엽이 썩는 냄새는 얼마나 감미롭고 향기로운가. 낙엽은

썩어야 한다. 비닐처럼 깡통처럼 플라스틱처럼 미라처럼 썩지 않으면 지구의 미래는 없다. 썩어 부토가 될 때 지구의 허파는 숨을 쉬고 낙엽은 다시 한 생을 얻을 수 있다.

아, 그런데 북한산에는 관악산에는 도봉산에는 청계산에는 코팅한 양 작년 재작년 낙엽들 흙으로 돌아가지 못하고 여기저기 부비 트랩이 되어 등산객들 발목이나 노리고 있다.

103

적막한 산길 내가 내는 발자국 소리에 스스로 놀라 뒤돌아보면 길게 휘어진 길이 귀를 세워 나를 엿듣고 있다.

104

깊은 산속에는 산만큼 큰 고요가 한 마리 살고 있는데 혼자 온 사람만을 몸 안에 삼켰다가 뱉는 이상한 식성을 가졌다.

105

풍경은 약손이고, 풍경은 아까징끼(빨간 약)이다. 마음이 넘

어져 피 흘릴 때는 풍경을 발라라! 그러고 나서 마음이 가려
워지기 시작한다면 상처가 아물어간다는 뜻이다. 어떤가? 오
늘 하루 막 물들기 시작한 단풍을 바르고 사는 것은?

106

문득 신현정 시인의 「오리 한 줄」이란 시가 생각나는 가을
밤이다. 한 줄로 서서 저수지로 가는 오리들처럼 나도 정인
몇 데불고 꽥꽥 소리 질러대며 어디 먼 데 소풍이나 갔다 왔
으면 좋겠다. 펑펑 물 쓰듯 돈을 쓰고 와서 아내에게 꾸지람
을 들었으면 좋겠다. 소풍 가서 뼛속까지 단풍 든 생을 뚝뚝
떨어뜨리다 왔으면 좋겠다. 여생은 덕장에서 삼동을 보낸 북
어처럼 한결 가벼워진 영혼으로 살아내면 좋겠다.

107

홍옥이 사라지고 있다. 신맛을 꺼리는 사람들 입맛 때문에
점차 홍옥이 설 자리를 잃어가고 있는 것이다. 사과의 대명
사였던 홍옥의 처지가 딱하게 되었다. 기호와 취향의 변화에
따라 사라지는 것이 어찌 홍옥뿐이랴!

108

요 근래 시들은 요령부득과 허장성세와 자아도취가 많아 인내가 필요하고 시건방진 얘기지만 시간 낭비라는 생각까지 들 때가 있어 읽다가 덮는 경우도 있다. 시인인 나도 이럴진대 독자들은 오죽하랴? 독자들이 시를 멀리하는 데는 시인 자신들의 책임도 없지 않다.

109

나는 마포가 좋다. 35년 전 상경파로서 처음 서울 생활을 본격적으로 시작했던 곳이 마포구 아현동이었다. 그러다 피치 못할 사정으로 3년 만에 마포를 떠나 장안평, 능동, 수원, 구로, 신길, 여의도 등을 거쳐 5년 전에야 다시 마포 도화를 거쳐 신수로 돌아왔다. 32년 만에 회귀한 것이다. 이제 마포는 내게 있어 제2의 고향 같은 곳이다. 시작했던 곳에서 끝을 맺고 싶다. 특별한 사정이 생기지 않는 한 여생을 마포와 함께하고 싶다. 마포엔 이시영 선생. 고광헌 선배, 오봉옥 시인, 우찬제 교수, 정끝별 교수, 김경미 시인 등 문우들이 살고 있다.

110

바퀴는 쓸모를 다한 뒤에야 눕게 된다는 점에서 말과 나무를 닮았다. 서서 먹고 걷고 달리다가 서서 쉬고 잠자다가 죽어서야 눕는 종족들. 나는 출근길에서 서서 먹는 사람과 퇴근길 전동차 안에서 서서 자는 사람을 본 적이 있다.

111

아침 잠결에 아내의 도마 소리가 들려옵니다. 도마 소리의 일정한 가락이 귀의 골목으로 걸어와 몸의 각 기관 속으로 스며듭니다. 저 소리가 잦아들면 온갖 냄새의 향연이 열릴 것입니다. 먼 옛날 어머니의 부엌에서 들려오던 도마 소리가 문득 그리워지는 아침입니다. 도마 소리는 칼이 도마에 부딪쳐 내는 소리입니다. 도마가 우는 소리인 것이지요. 도마에는 무수한 칼의 자국들이 있고 거기에는 쓰고 맵고 비리고 짠, 색색의 냄새들이 배어있습니다. 도마는 먼먼 옛적부터 오늘까지 어머니, 아내들의 몸입니다. 그러니까 나는 지금 어머니, 아내들이 내는 신음 소리를 듣고 있는 셈입니다.

112

외로움을 알약처럼 삼키며 살던 시절

시가 찾아와 동무가 되어주었다.

외로움은 마음의 양식

외로워서 영혼은 차고 투명했다.

외로움은 지혜의 어머니

외로웠으므로 나는 만인 앞에 겸손하였다.

정신의 키를 자라게 했던 외로움은 그러나

지금 내 몸속 거처를 떠난 지 오래

나는 큰 병을 앓고 있다.

세상에 외로움 없는 무통처럼 큰 병이 어디 있으랴.

113

마음에 난 종기를 짜내고 가을볕을 문질러 바른다

우울을 달래려 가을볕 한 봉지를 바람에 타서 마신다

114

나무도 돌멩이도 바위도 벤치도 지붕도 담벼락도 장광도
저수지도 채마밭 배춧잎도 오솔길도 신작로도 철길도 해안
선도 광장도 공장도 간판도

울고 싶을 때가 있을 것이다.

울고 싶은 그들은 비 오는 날 비의 몸을 빌려 운다. 그러므
로 비는 하늘이 내리는 게 아니라 지상의 울고 싶은 심정들
이 불러오는 것이다.

비 오는 날 저마다의 가락으로 우는 것들이 있다.

115

어린이 놀이터에서 노는 아이들은 같은 놀이를 몇 시간째
하고 있으면서도 즐거워하는 표정을 숨기지 않는다. 어른이
라면 도저히 불가능한 행위가 왜 아이들에겐 가능한가? 아
이들 놀이는 무위하기 때문이다. 거기에 무슨 의도나 욕망
이 내재해 있다면 반복적 행위는 금세 권태와 피로를 불러
일으켜 아이들을 잡아둘 수 없을 것이다. 아아, 우리는 너무
멀리 걸어왔다.

116

나는 저녁 땅거미가 좋다. 막 펼쳐지기 시작한 어둠의 치
마폭에 안겨 있으면 달콤한 몽상이 연기처럼 모락모락 피어
오르는 것이다.

117

수직으로 서서 죽는 것이 어찌 내리는 비뿐이랴! 수직으
로 태어나 평생을 수직으로 사는 나무들도 수직으로 서서 죽
는다. 수직은 중력과의 지난한 싸움, 서서 걷는 일 또한 그
러하다. 수직을 내려놓은 생은 비로소 누워 수평의 안식에

든다.

118

절에 가서 보았다. 둥근 기둥들을 떠받치고 있는 주춧돌들은 사각이거나 오각이었다. 바닥의 저 각이 아니었다면 어찌 기둥과 처마와 지붕의 곡선이 가능하겠는가? 우리 시대의 아버지여, 주춧돌이여, 어둠 속의 각들이여!

119

한참을 퍼붓던 눈이 그치자 녹기 시작한 눈물이 여기저기 질척거린다. 바닥에 흥건하게 고인 눈물! 바닥이 울고 싶어서 부르니 기꺼이 달려와 눈물이 되어준 눈의 물이여! 누구나 울고 나면 마음이 떡고물처럼 부드러워진다.

120

어릴 적에는 코를 흘리고 침을 흘리고 밥알을 흘리고 국물을 흘리고 구슬을 흘리다가 좀 자라서는 여자 사람을 좋아하면서 눈물을 흘리다가 장년이 되어서는 땀을 흘리고 술

을 흘리고 감정을, 분노를 흘리더니 근년 들어서는 지갑을
흘리고 안경을 흘리고 핸드폰을 흘리고 가방을 흘리고 추억
을 흘리다가 마침내 나를 질질 흘리는 세월을 살고 있구나!
흘리며 살아온 삶이여, 더 이상 흘릴 게 없을 때 세상과 작별
하는 날은 오리라!

121

　본래 새로운 말은 없다. 언어 표현이 새로운 것은 언어들
간의 조합 때문이다. 그런데 이 언어 조합은 대상과 세계에
대한 이해와 인식에서 비롯된다.

122

　일 년처럼 크고 질긴 음식이 있을까? 365일 동안 매 순간
쉬지 않고 맛보고 뜯고 씹어 삼켜야 하는 음식. 2018년 올 한
해도 거의 다 먹어가고 있는 중이다. 일 년을 혼신을 다해 먹
고 나면 또 한 해라는 시간의 음식이 우리 앞에 놓이게 된다.
누구에게나 동일하게 주어지는 이 음식을 누구는 맛있게 먹
고 누구는 허겁지겁 먹고 또 누구는 마지못해 먹는다.

123

사람들은 창공에 빛나는 별들을 좋아하여 자신의 일생도 별처럼 반짝이기를 꿈꾸지만 별들을 빛나게 하는 건 어둠이라는 사실은 곧잘 잊는다. 반짝이는 별과 별 사이 빼곡하게 들어찬 어둠은 얼마나 깊고 숭고한가. 누군가의 배경이 되어주는 일처럼 거룩한 일이 또 있을까. 내가 어쩌다 밤하늘을 올려다볼 때 별 대신 어둠에 더 오래 눈길이 머무르는 것은 자식을 앞세운 어머니처럼 그곳에 물큰한 사랑이 배어있으리라 믿기 때문이다.

124

겨울은 발자국이 태어나는 계절. 얼었다 녹았다 반복하는 길에 남은 어지러운 발자국들은 아라베스크 무늬 같다. 저 발자국들의 주인을 나는 모르지만 우리가 한 시대 가파른 길을 숨차게 걷고 있다는 생각만으로 까닭 없이 정겹다. 그러나 모든 자국은 지워지기 위해 태어나는 것. 저 견고한 어깨동무와 스크럼과 클린치들도 찬바람 부는 영하의 삼동을 보내고 명년 봄 햇살을 만나면 자취가 없으리라!

125

시골에서 태어난 사람들은 도회로 와서 살다가 죽는다. 도회에서 태어난 사람들도 도회에서 살다가 죽는다. 도회에서 살던 사람들은 죽어서야 도회를 빠져나간다. 도회는 죽음이 성시를 이루는 곳. 도처에 죽음이 즐비하게 도사리고 있다. 죽기도 전에 유령이 된 사람들이 도시 곳곳을 누비고 있다. 도시에 낀 안개가 날마다 두꺼워져 간다. 안개 낀 도시에 사람들이 부표처럼 둥둥 떠서 흘러 다닌다.

126

밤새 아무르 호랑이들이 몰려왔나 보다. 바깥은 호랑이 울음소리로 자욱하다. 아무래도 얼굴, 목덜미, 손등을 베어 먹히며 걸어야 할까 보다.

127

그동안 나는 고향에 내려갈 적에 가까운 논산역 대신 한 블록 더 떨어진 강경역에서 내려 상거 이십 리의 거리를 완행버스를 타고 갔는데 단 하나의 이유, 강경역이 논산역보다 더 스산하고 어리숙해 보이기 때문이었다. 그것이 내게는 고향에 더 가까이 왔다는 안도감을 안겨 주었던 것이다.

128

　구주 오셔서 만백성 기쁜 날 구 서울역 지하도에서 칼잠
자고 일어난 예수가 지나는 행인에게 담배 한 대 얻어 피우
고는 구청에서 운영하는 무료 급식소에 가 긴 줄 끝에 서서
배식 차례가 오기를 기다린다. 미세 먼지 자욱한, 낮게 가라
앉은 서울 하늘 아래 대형 교회에서는 화려한 조명 속 성탄
예배가 한창이고 크리스마스트리가 반짝이는 거리엔 캐럴이
흘러넘치는데 급식소를 빠져나온 예수가 한쪽 다리를 절며
구 서울역 지하도로 돌아가 새우깡 안주로 낮술을 마시는 노
숙자들 틈새에 끼어 앉는다.

129

　샤워를 하다가 거울 속에 비친 무덤처럼 봉긋 솟아오른 둥
근 배를 본다. 죽음에 가까이 다가가고 있다는 증표이리라.
저 무덤을 키워온 것은 치사량의 고독과 더러운 욕망에 굴
복한 자존이었다.

130

공원의 나무 아래 벤치는 한겨울이 한가하다 못해 따분하고 쓸쓸하고 외롭다. 지난 봄과 여름 그리고 늦가을까지 그는 얼마나 분주한 나날을 보냈던가. 간절한 기분으로 늦은 밤에까지 찾아오는 이들을 차마 돌려보낼 수 없어 피곤이 찌든 몸으로 기꺼이 자리를 내어주던 그가 아니었던가. 활짝 귀 열어 다녀가는 이들의 온갖 비밀을 엿듣는 일은 얼마나 고되고도 황홀했던가. 그러나 찬바람 부는 영하의 날씨가 되자 부도 맞은 공장처럼 아무도 찾아오지 않는 공원의 나무 아래 벤치에는 누군가 마시고 버린 소주병과 찌그러진 캔과 빈 비닐봉지나 휴지 조각 등속이 불쑥 찾아와 함부로 나뒹굴다 사라진다.

131

어깨와 등

슬픔의 둑이자 배신의 입구

132

오늘 밤 니체가 한 말이 위로가 된다.

위험하게 살아라!

돌아보니 생의 단 하루 위험하지 않은 적이 없었다. 일부러 위험을 만들어 살기도 했다. 그렇다. 위험하지 않으면 지혜가 생기지 않는다. 모든 창의는 위험 속에 도사리고 있다. 위험이 길을 낸다. 니체의 말을 빌려 내게 말한다.

위험하게 살아라!

133

우리 인간은 식물에게서 탄수화물을 훔쳐 에너지로 삼고 호흡 과정에서 배출한 이산화탄소는 식물들에게 흡수돼 탄수화물 합성에 재활용된다. 그리고 이 위대한 순환작용은 1억 5천만 킬로미터 떨어진 태양에서 오는 빛 때문에 가능하다.

자연의 협업이 참으로 놀랍다.

—칼 세이건, 『코스모스』 부분

134

어릴 적 엄니는 귀한 손님이 집을 방문하면 으레껏 대접으로 백숙을 끓여 내놓으셨다. 촌구석 우리 집으로 일 년이면 귀한 손님들이 달포에 한 분 정도 찾아오셨으므로 한 해 닭장을 나와 백숙이 되어야 할 닭이 얼추 여덟에서 아홉은 되었다.

엄니는 닭 잡는 일을 꼭 내게 시켰다. 나는 그 일이 끔찍하게 싫었다. 하지만 자립이 불가능한 나이였으므로 엄니의 명을 어길 수는 없었다. 아시겠지만 닭 잡는 일은 쉽지 않다. 한참을 쫓고 쫓아야 잡을 수 있다. 애초에 목표한 닭을 잡는 일을 포기해야 할 때도 부지기수다. 그날의 운수가 닭의 수명을 결정케 되는 것이다. 닭을 잡을 때 나는 절대자가 된다. 키 작은 폭군인 내가 닭의 생사여탈권을 쥐고 있다. 공포에 휩싸인 닭들이 나를 피해 달아난다. 운수 사나운 닭이 잡힌다. 닭장 안에 다시 평화가 찾아온다. 살아남은 닭들이 모이를 쫀다. 내가 와도 달아나지 않는다. 천연덕스럽다. 돌대가리들. 방금 전의 소란을 벌써 잊었다. 우리 사는 세상에 이런 닭 같은 존재들이 없다고 나는 감히 주장하지 못한다. 생각할수록 끔찍하고 두려운 일이다.

135

봄비 소식이 있군요. 봄비가 다녀가면 겨우내 침묵 속에서 사유를 길어 올리던 초목들 자연의 타자기 앞에 앉아 시문을 쳐대기 시작할 것입니다. 반짝반짝 새롭게 태어나는 순 녹의 문장들이 산과 들의 지면을 가득 채우겠지요. 읽을 때마다 새로운 뜻으로 충만되는, 지상에서 가장 깨끗한 문자들의 행렬을 벅차게 읽으며 우리 마음도 비 다녀간 산길처럼 시원하게 열릴 것을 믿습니다.

신은 저렇게 존재자들을 시켜 자신의 존재를 증명하고 있군! 긍정으로 고개 끄덕이며 두근두근 초록 문자들을 숨차게 읽을 날 손꼽아 기다립니다.

136

봄은 마냥 부드럽고 섬세한 계절이 아니다. 봄에는 상반된 이중성이 들어있다. 야누스의 계절이 봄이다. 봄 속에는 날카로움과 부드러움, 탄력과 이완, 불과 얼음, 탄생과 죽음, 활력과 게으름 등이 동시에 들어있다. 봄은 마음만 훔치고 몸은 멀리하는 여인처럼 가깝고도 먼 존재이다. 봄에게 방심하지 마시라. 크게 당하는 수가 있다.

137

늙은 나무가 피우는 젊은 꽃

누가 보기에도 다 늙은 나무. 수피는 두껍지만 속은 텅 비었다. 나무는 검은 피부를 지녔다. 그가 처음부터 그런 피부를 지닌 것은 물론 아니었다. 젊은 날엔 그 누구도 부럽지 않을 눈부신 푸른 몸을 지녔던 그였지만 누구에게나 평등하게 찾아오는 가혹한 시간의 심술을 벗어낼 재간이 없었다. 검은 피부는 그러므로 그의 의지와는 무관한 시간의 무늬였던 것이다.

늙은 나무는 노인처럼 과묵하다. 웬만한 바람에도 크게 흔들리지 않는다. 늙은 나무는 사색에 잠겨 하루의 많은 시간을 보낸다.

그러나 다 늙은 나무가 드리운 그늘마저 늙은 것은 아니다. 그가 드리운 그늘은 매우 층이 두껍고 넓다. 늙은 나무에 다녀가는 싱싱한 바람, 늙은 나무의 가지에 머물다 가는 새들의 울음소리는 맑고 높다.

봄이면 늙은 나무에도 새 가지가 돋고 연초록은 피어나 그 광휘가 눈을 부시게 한다.

늙은 나무라 해서 왜 욕망이 없겠는가. 나무가 나무로 태

어나 나무로 자라 늙어 죽을 때까지 나무는 나무로서의 본성
즉 수성樹性을 버리지 못한다. 그는 쓰러져 땅을 벗어난 존재
가 될 때까지 새 가지를 돋우고 그 가지에 잎을 피우고 또 새
와 구름과 바람을 불러들일 것이다.

늙은 나무 앞에서 나는 나의 멀지 않은 내일을 본다. 나도
죽을 때까지 인간으로 태어나 인간으로 자라 인간으로 죽을
때까지 인간으로서의 인성을 끝내 버리지 못할 것임을 안다.

자연이 자연다운 것에 대해 우리는 아무런 의구심이 없다.
하지만 우리는 인간이 인간다운 것에 대해 더러 의구를 던
진다. 인간 역시도 크게 보면 자연에 다를 바 없는 존재다. 나
무가 죽는 순간까지 수성을 다하며 살듯 인간 역시도 죽는
순간까지 인성을 다하며 살 수밖에 없는 존재다.

오래전 상영된 두 편의 영화『죽어도 좋아』와『오아시스』
는 인간의 본성을 에돌리지 않고 솔직하게 다룬 감동의 명편
이다. 늙은 노인과 일급 장애인에게도 엄연히 일반적인 성욕
이 자리하고 있다는 메시지는 충분히 공감이 가고도 남음이
있다. 편견과 통념에 지배되어 살고 있는 우리에게 일종의
낯선 충격을 준 이 영화들은 새삼스럽게 인간의 사랑과 성에

대해 다시 생각하는 계기를 부여하였던 것이다. 즉 노인들에게도 젊은이 못지않은 사랑과 성욕이 자리하고 있다는 것과 일급 장애인에게도 정상인과 다름없는 사랑과 성욕이 있을 수 있다는 것을 실감으로 열연하고 있는 것이다.

이는 늙은 나무가 새봄이 오면 어김없이 새 가지를 드리우고 그 가지마다에 잎과 꽃을 피우는 이치 또는 허리 꺾이고 둥치 부러진 장애의 나무에게도 가을이 오면 잎이 붉게 물드는 것과 하등 다를 바 없는 자연의 순리인 것이다. 이것을 어찌 추하다 할 수 있겠는가.

늙은 나무가 피우는 꽃이라 해서 꽃의 빛깔이 낡고 바랠 수 있겠는가. 늙은 나무가 피우는 꽃도 젊은 나무가 피우는 꽃의 빛깔과 향기와 다르지 않다. 그것은 나무의 수성이 젊고 늙음을 떠나 변하지 않기 때문이다.

사람의 사랑 또한 마찬가지이다. 젊은 사람들의 사랑만이 아름답고 고귀한 것이 아니다. 늙은이들의 사랑도 그것이 사랑일진대 충분히 아름답고 고귀한 것일 수밖에 없다.

자연이 자연다운 것에 순응하듯 인간이 인간다운 것들에 대해서도 우리는 인정할 줄 알아야 한다. 나무가 늙었다 해

서 스스로 생장을 멈추지 않듯 인간 또한 늙었다 해서 스스
로 생장을 멈추지 않는다. 나무의 생장은 새 가지가 나고 새
잎이 돋는 것이지만 인간의 생장은 사랑에 대한 욕망이라
할 수 있다.

늙은 나무가 피운 꽃에 나비와 벌이 꼬이듯 늙은 사람이
피운 사랑의 꽃에도 연정의 벌과 나비가 꼬일 수 있다.

아름다운 연인 아름다운 사랑 하면 사람들은 우선 젊은
이들을 떠올린다. 젊은이들만의 특권처럼 그것을 한정시켜
생각하는 것이다. 그러나 과연 그런가? 사랑에 노소가 있을
수 없다. 아름다운 연인 아름다운 사랑에 어찌 나이가 있을
수 있겠는가?

늙은 나무에 새 가지가 드리우고 새잎 돋고 꽃잎 피듯 늙
은이에게도 얼마든지 새 사랑은 찾아올 수 있는 것이다.

사랑에 대한 편견과 통념을 버리자.

138

집의 창문은 집의 눈이다. 식구들이 잠들거나 집을 비울
때 집은 감은 눈을 떠 창문 밖 풍경을 바라다본다. 집의 창문

은 집의 영혼이다. 집의 눈과 영혼에 때가 쌓이지 않게 올봄 다 가기 전 게으른 부부여, 창문을 닦아주자.

139

봄밤이 열리고 있다. 낮을 관장하던 시각의 문이 시나브 로 닫혀 가고 밤을 위한 청각의 문이 열리고 있다. 내 몸은 커다란 귀가 되어 온갖 사물의 소리들을 빨아들이려 한다.

땅의 지붕을 열고 나온 초록들과 수피의 창문을 열고 나 온 연초록들의 재잘대는 소리들로 나는 또 잠을 이루지 못 해 몸이 여위어가겠지.

이래저래 심신이 고달파지는 봄밤

몸속 종달새는 지치지도 않는지 쉴 새 없이 지저귀고 있 구나!

140

스프링 공장을 차리고 싶다. 당신에게 갓 태어난 탄력을 건네고 싶다. 샘물로 당신의 메마른 영혼을 적시고 싶다. 통통 튀는 반동을 대량 생산하여 봄을 잃은 이들에게 건네고 싶다. 하늘을 나는 종달새를 보아라. 저 새의 몸속에는 이완을 모르는, 샘솟는 스프링이 들어있다.

141

신새벽 기침하신 엄니 밥 지으러 부엌 가기 전 뜰방에 놓은 신발 버릇처럼 탈탈탈 털고 신은 까닭 내 오늘에사 문득 알았네. 밤새도록 뒷산 어깻죽지 물었다 뱉으며 울어대던 새 울음소리 또르르르 또르르르 비탈을 타고 내려와 용케도 흰 고무신에만 까맣게 고여있어서였네.

142

쬐다. 라는 말 참 따뜻하지. 몸이 추우면 햇볕을 쬐고 마음이 추우면 사람을 쬐듯 감정이 추운 이들이여, 꽃을 쬐게나, 잎을 쬐게나.

143

공기 속에서는 누룩 익는 향내가 난다. 이스트 넣은 달이 떠오르고 대지는 부풀어 올라 몰캉몰캉 감정을 반죽하기에 좋은 봄밤이다.

144

대지의 기름인 봄비가 다녀가면 온 산야는 초록 불이 활활 타오르며 번질 것이다.

불온과 위반의 계절, 봄은 나쁜 감정을 점화시킨다.

145

1호선

늦은 오후 천안행 전동차 객실 안 풍경이 들일에 내온 샛밥처럼 달다. 경로석 노인들은 한 줄에 꿴 북어들처럼 천장 향해 입 쩍, 벌린 채 잠들어 있고 중년의 시든 시금치들은 무료한 듯 방심의 눈빛으로 창밖 응시하고 젊은 풋것들 하나같이 스마트폰 액정 화면에 코 박고 있다. 긴 통로를 쉴 새 없이 잡상인이 지나가고 맹신자의 예수천국 불신지옥이 지나

가고 또 지나가는데 건너편 젊은 연인 스킨십이 숯불처럼 뜨
겁다. 아, 저 환한 것. 내가 벌써 지나온, 키 작은 간이역 혹
은 한낮에도 등불 켜있던 터널 혹은 반짝반짝 빛나던 냇물.
수세기 전의 추억.

146

이른 새벽 마을 길들은 벌떡 일어나 몸에 묻은 잠의 검불
들을 툭툭 털어내며 저를 다녀갈 사람들 맞을 채비를 서두르
고 있었다. 한잠 푹 자고 난 길들은 이두박근을 뽐내며 근육
자랑을 하기도 했는데 그때서야 뒷산도 부스스한 얼굴로 잠
에서 깨어나고 장 속 닭들이 홰에서 내려와 모래를 파헤치며
모이를 보챘다. 제일 게으른 마당은 아버지가 작두샘을 시켜
세숫대야에 퍼온 물을 뿌리고 대 빗자루로 박박 문질러 구석
구석 아프게 때를 닦아낼 때에야 성가신 듯한 얼굴로 마지못
해 깨어나고는 하였다.

147

삶이 가끔은 잠이었으면 좋겠다는 생각이 들 때가 있다.
신새벽 악몽에 시달리다가 잠에서 깨어 가슴을 쓸어내리듯

더러는 고달픈 삶에서 깨어 가슴을 쓸어내고 싶은 것이다.

148

불암산은 닳지 않는 비누. 이른 새벽부터 늦은 저녁까지 쉴 새 없이 사람들이 찾아와 마음에 낀 때, 영혼의 그을음을 닦고 씻는다. 불암산은 사랑과 용서의 화수분. 아무리 꺼내 써도 줄지 않는다. 불암산으로 닦고 씻으며 나는 비누처럼 닳아간다. 마음이 다 닳아 한 장 비누로 사라져갈 때 나는 영원하리라.

149

숲속 나무들이 모두 수직으로 서있는 것 같지만 조금만 눈여겨보면 똑바로 서있는 나무는 하나도 없습니다. 특히 경사진 비탈에 서있는 나무들은 사선으로 기우뚱 아래쪽을 향해 기울어져 있습니다. 그러느라 수고가 여간만 아닐 거란 측은감마저 듭니다. 불암산 수목들이 그러하듯이 모든 살아있는 것들은 생태 환경에 자기를 맞춰 사느라 삶의 매 순간 고달프지 않을 수 없습니다. 물론 문득문득 예기치 않게 찾아오는, 빛나는 생의 기쁨에 진저리 칠 때도 있습니다만……

150

산길 걷다가 내 발끝에 채인 작은 돌멩이 하나 길 밖으로
튕겨져 나가 저쪽 덤불숲에 떨어졌다. 이제는 저 돌멩이 오
가는 무수한 발길에 채이거나 밟히는 일 없겠다. 덤불은 불
쑥 뛰어든 돌멩이 품고 올여름 더욱 무성하겠다. 네가 우연
처럼 내 품에 뛰어든 그날 이후와 같이.

151

시인들은 이제 울지 않는다. 시인들은 이제 시국에 대하여
도 비분강개하여 노여워하거나 울분을 토하지 않는다. 밤새
워 술을 마시지 않는다. 담배와 술을 줄이거나 끊고 밤이 오
기 전 일찍 귀가를 서두른다. 교회를 다니거나 성당을 다니
고 모범 시민이 되어 물가를 걱정하고 부동산 경기를 알아
보고 스포츠 경기를 즐긴다. 시인들은 이제 노래를 즐겨 부
르지 않고 그 대신 선율이 흐르는 찻집에 앉아 낮은 목소리
로 담소를 나누다 일어선다. 누구의 안부도 그립지 않은 시
인들은 도시의 밀림 속을 저 혼자 길짐승이 되어 걸어간다.
시계를 자주 들여다보는 시인들은 이제 엉엉 소리 내어 웃
지 않는다. 시 쓰는 기술자들이 득세하는 세상 시인들은 죽
었거나 망해 버렸다.

152

저녁이 왔으므로 시인 가게의 문을 연다. 노을이 들어와 탁자를 물들이며 앉아 몽롱 한 잔을 주문한다. 바람의 한 떼가 들어와 홀 중앙을 차지하고는 소란을 피우다 간다. 어둠이 스미고 달빛이 들어와 마감 시간을 묻는다. 문밖 술 취한 부엉이 혼잣말을 중얼거린다. 괘종시계가 느리게 자전축을 돌고 있다.

153

더위가 우거진 거리를 걷다가

나무 아래 고여있는 그늘의

둠벙 속에 들어가 먼지 풀풀 나는

마른 몸을 적시며 문득 나도

누군가의 생활의 땀을 들이는

키가 큰 사람 나무가 되면 얼마나

좋을까 애먼 생각을 하였습니다.

154

이른 아침 숲속 길을 걷는데 뒷덜미에 물방울 하나가 떨어
져 산산이 부서진다. 가지를 떠나 수직 낙하하는 물방울, 물
방울들, 나무의 투명한 눈물! 울고 난 뒤의 저 개운한 표정들.

155

아침이면 단추를 하나하나 채우고 지퍼를 여며 닫고 나와
저녁이나 밤에는 채운 단추를 하나하나 비우고 지퍼를 시원
하게 연다. 단추를 채우고 지퍼를 닫는 것은 나를 열어 감춘
속 쉽게 내보이지 말라는 뜻. 그러나 바쁘게 살다 보면 한
두 개쯤 단추가 비워져 있거나 급할 땐 나도 모르는 새 지
퍼가 열려 있기도 하다. 그렇게 나는 나를 흘리며 살고 있
는 것이다.

156

숲속은 추억을 데리고 가 놀기 좋은 곳이다. 어느 날 나는

자꾸만 칭얼대는 슬픔을 어르고 달래느라 산을 한 바퀴 돈 적이 있다. 아무리 애써도 절망의 체중은 줄지 않는다. 내가 버린 기억들로 숲은 무성해진다.

157

그리움의 수인이 되어 폭우의 철창에 갇히고 싶어라.

158

비 오는 날 연못가에 앉아 수면에 떨어지는 빗방울 하릴 없이 헤아립니다. 빗방울 떨어지는 수면에 반짝 피었다 지는 물꽃들은 향기가 없습니다. 커다란 한 송이 연못 속에서 수백 송이 수천 송이 수만 송이 번갈아 피었다 지는 물꽃들을, 내 일생 한 송이 물꽃으로 피었다 질 때까지 하염없이 바라봅니다.

159

새삼 돌아보니 나는 피난민 삶이었다. 노마드가 내 체질 인 줄 모르겠으나 난 의도와 상관없이 정착과는 거리가 먼

삶을 살아왔던 것이다. 중학교를 졸업한 이후 대처에서 고교
와 대학을 다니고 직장을 찾아 도시를 전전했다. 결혼 후에
도 집을 장만하기까지 삼사 년을 주기로 이사를 다녔고 뒤
늦게 집을 장만한 후에는 또 집 떠날 사정이 생겨 독거를 하
고 있는 중이다. 이쯤 되면 떠돌이는 내 이번 생의 운명이라
이를 만하다. 남부여대인 채 요철과 평지돌출과 우여곡절과
파란만장의 여정 뒤에 주어질 안식! 나는 길 위의 생이었다.

여정의 동반자인 아내가 또, 기어코 병원에 입원하고야 말
았다. 병원 생활은 그녀의 일상이 된 지 오래다. 침상에 누운
그녀 얼굴에 파인 골짜기가 점점 더 깊어져 가고 있었다. 저
깊이에 내 잘못이 많은 기여를 했으리라. 미안하고 짠했다.

160

열무김치 국수가 먹고 싶다. 잘 익은 열무김치 국물에 얼
음 두 덩이 띄우고 삶아 헹군 낭창, 낭창한 소면을 담아 반
숙한 계란을 반으로 잘라서 고명으로 얹어 반찬도 없이 후
루룩 소리가 나도록 마시는 듯 삼키고 싶다. 젓가락으로 떠
먹다 대접을 통째로 들고 마시다가 괜스레 주변을 빙 둘러
보기도 하면서 떠먹는 듯 마시고 싶다. 다 먹고 마시고 나서

입가에 묻은 걸죽한 국물 자국을 손등으로 훔치고 크윽! 트림을 소리 나게 하고 나면 속도 마음도 비 갠 날의 산길처럼 개운해질 것 같은 열무김치 국수~~~후루룩~~휘리릭~~~

161

이른 새벽에 불암산을 다녀왔는데 오후 들어 또 몸이 산에 가자고 보채고 있다. 불암산은 돌과 바위가 많은데 형상과 크기가 제각각이다. 비가 내려도 물을 오래 품지 않고 내려보내는 돌산에는 물풀이나 이끼 등속이 살지 못한다. 감정의 일체를 외면한 채 무표정으로 오가는 행인들을 물끄러미 바라보는 산 여기저기 놓여 있는 돌과 바위들에서 나는 옛날의 촌부들을 떠올린다. 쉽게 감정을 열어보이지 않으나 은근하게 몸 안쪽에 깊은 속을 지니고 사는 정인들을 그리워하고 있는 것이다.

162

불암산을 오르다 보면 드러나는 돌멩이처럼 지난 시절 나를 다녀간 생의 토막들이 불쑥불쑥 나타났다 사라지기를 반복한다. 산 타듯 나는 헉헉, 숨차게 살아왔다. 생의 가파른 비탈을 오르면서 나는 얼마나 자주 발목을 낚아채는 실의의 돌부리에 걸려 넘어졌던가.

163

산은 서두르고 보챌 때마다 돌멩이나 나무뿌리를 시켜 급한 마음에 제동을 건다. 아무리 자주 오르내려도 산길이 지루하거나 식상하지 않은 것은 산길을 걷는 행위에는 무슨 의도나 목적이 없고, 그저 다만 무위의 걸음만을 반복하기 때문이다.

164

엊그제 밤새 내린 비의 양이 많았던 탓인지 평소에는 건천이던 골짜기에 제법 눈에 띄게 불어난 물이 흐르고 있다. 물소리가 반가워 귀 기울이니 그는 맑고 명랑한 목소리로 지나간다, 다 지나간다 하며 내게 위안을 건네고 있다.

165

불암산에 다닌 지 얼추 한 달이 되어간다. 불암산을 오르내리며 나는 새삼스럽게 생각한다. 내가 이렇게 산을 좋아하는 줄 몰랐다. 어떤 날은 두 번 다녀올 때도 있다. 불암산은 북한산 도봉산 관악산 수락산 등 수도권에 위치한 다른 산들에 비해 규모가 작지만 나름 기품이 있고 개성이 뚜렷한 산이다. 또한 성깔도 있는 산이다. 뚝뚝 땀을 흘리며 산을 오르면 마음의 군살이 내리는 것을 느낄 수 있다. 이러다가 마음뿐 아니라 몸에서도 쇠골미를 과시할 날이 올는지 몰라 은근 기대감에 젖어보기도 한다. 산은 무엇을 깨닫기 위해 오르는 곳이 아니다. 생각을 비우고 아무런 감정도 의미도 갖지 않기 위해, 그저 일개 사물이 되는 상태를 위해, 아니 그러자는 의도도 없이 무념과 무상, 정신의 진공 상태에 이르기 위해 오르는 곳이다. 산을 다녀오면 버릇처럼 나른한 피로가 스민 몸을 침대에 쓰러뜨린다. 달콤한 수면의 늪에 빠져 십여 분 허우적대다 나오면, 이상하다, 햇살 다녀간 뒤의 바싹 마른 빨래처럼 몸이 가볍다.

166

대한민국은 참 기념일도 많다. 기념할 일이 많은 것이 꼭 좋은 것만은 아니다. 기념에는 기쁘게 기려할 일도 있지만 아프게 상기해야 할 일도 있다. 우리의 경우는 전자보다 후자가 훨씬 더 많다. 인간만이 자신들이 행한 일들을 기념하고 기억한다. 말의 엄밀한 의미에서 기념이 없을수록 자연에 가깝다. 자연은 기념하지 않는다. 섭리와 순리에 따르는 삶에 기념이 있을 수 없다. 기념에의 의무와 복종은 자연과 멀어지는 길이다. 그렇다고 내가 역사 속 비극적인 사건을 기념하는 일이 종요롭지 않다고 여기는 것은 절대 아니다. 고통의 재생을 막기 위한 기념은 행해져야 하고 장려되어 마땅하다. 나의 전언은 다름이 아니라 가급적 기념해야 할 일이 발생하지 않도록 해야 하고 불필요한 기념은 줄이거나 삭제되어 해될 게 없다는 뜻이다. 나는 오늘도 불암산 둘레길을 걸으며 기념 없는 삶을 꿈꾼다.

167

촛불은 총알이다.

수만, 수십만,

수백만, 수천만

총알의 동시다발로

적폐의 심장을 조준하자!

적폐의 성벽을 무너뜨려

성의 주인을 끌어내리자!

저 오만하고 무도한

적폐의 궁궐을 태워

폐허로 만들자!

168

불암산 둘레길, 내가 들어서자 길이 두근거리기 시작한다.

169

한낮 불암산 둘레길에는 이 줄기 저 가지에서 흘러나오는 그늘이 고여 질척거립니다. 넘실대는, 출렁거리는 그늘에 발 담그고 앉아 나무들 가지 새로 뭉게뭉게 피어오르는 구름송

이들을 바라보노라면 내가 문득 한 그루 나무가 된 듯합니다. 지난날은 앞만 보고 너무 빠르게 달렸습니다. 여생은 천천히 걸으렵니다. 해찰하며 딴짓하며 두리번거리고 멈칫하고 뒤돌아보며 게으르게 걷고 걸어서 아주 늦게 오직 한 분 당신 앞에 당도하겠습니다.

170

불암산 오르내리며 여기저기 흩어진 돌들, 사방팔방 우거진 직립의 나무들을 본다. 각기 다른 모양이며 크기들, 저마다의 자세로 올연히 앉아있거나 서있는 것들, 저렇듯 정정하게 산 하나를 세우고 있다. 산의 향기는 저 침묵의 형상들의 은은한 숨결이 피워 내는 것, 망아의 황홀, 내가 지난 자리마다 공중을 흐르는 향기는 모였다 흩어지며 나를 지운다.

171

슬픔은 찰흙 덩어리거나 밀가루 반죽이거나 개펄처럼 만질수록 엉겨 붙고 질척거린다. 슬픔은 때로 이스트처럼 부풀어 오른다. 슬픔은 늪처럼 수렁처럼 관능의 육체처럼 깊고 아늑하다.

172

불암산 수목들은 저마다 우뚝 서서 자기 주장들을 하고 있었다. 수목들은 하나의 몸으로 살 수 없어 따로 떨어져 자기의 말을 푸르게 퍼뜨리고 있었다. 저마다의 주장은 저마다 옳아서 하나의 숲을 이루고 있었다. 그 어떤 나무도 절대 존엄인 양 자기 주장을 굽히지 않았다. 하늘을 다투는 나무들의 아름다운 투쟁! 그러나 각기 다른 자세와 형상의 나무들이 드리운 그늘은 땅에서 하나의 전체가 되어 출렁이고 있었다.

173

돌맹이, 나무토막, 바위, 비탈길, 풀잎, 나무, 지붕, 전봇대, 아스팔트, 담벼락, 언덕길 등속.

무정물들이 간절하게 울고 싶을 때 비가 내린다. 눈물과 울음이 어찌 인간만의 것이랴? 저들은 울고 싶을 때 비를 불러와 비를 빌려 마음껏 울어대는 것이다. 빗소리는 비가 내는 소리가 아니다. 빗소리는 비와 저들이 만나 내는 소리다. 저들이 울고 나면 세상은 한결 부드럽고 순해질 것이다.

174

마음에 난 상처는 산을 발라야 낫는다.

175

불암산에는 까마귀들이 산다. 산에 오르면 여기저기서 까마귀들 짖어대는 소리 공중을 날카롭게 찢어댄다. 낯선 방문객에 대한 경계이리라. 예언하는 새, 태양의 후예 까마귀와 난 언제쯤 친연한 사이가 될까? 불암산 까마귀는 산을 타는 내 영혼을 콕콕 찍으며 수시로 순수를 검문한다.

176

돌아보면 비 맞은 지푸라기처럼 지리멸렬한 생이었다. 단한 번도 의를 위해 나를 투신하지 못했다. 말과 글로 저항의 포즈만을 취해 왔을 뿐, 내 안의 숨길 수 없는 비굴과 이기와 비겁과 비루한 욕망 때문에 결단 앞에서 행동을 유예해 왔다. 그렇게 내 생은 저물어 사랑하는 너를 등지고 시나브로 사라질 것이다. 우뚝 서서 아니오! 라고 큰 소리로 외치지 못한 일들이 참을 수 없는 수치로 죽을 때까지 나를 괴롭힐 것이다. 그 괴로움이 이렇게 모기만 한 목소리로 그 무슨 사명처럼 의무처럼 나를 채근하는 것이다.

177

정오 지나

곡성행 기차 차창 너머

도화지처럼 펼쳐진 무논들

바람이 부는지

이랑이 생겼다 지워지고

생겼다 지워진다

이랑과 이랑 사이

슬쩍, 몸 담그는 것들이 있다

구름, 미루나무, 산, 전봇대

날아가는 새 등속

거기,

마음을 파종하면

저물녘 내게도 이랑이 일까

178

촉촉한 물기 머문 산길 좌우로 하늘 향해 쭉쭉 뻗은 키 큰 수목들 가지마다에 열린 연초록들은 불어오는 바람에 살랑 살랑 몸 뒤집으며 냇물 거슬러 오르는 치어 떼처럼 은빛 살 비늘을 눈부시게 반짝이고 있다. 저 휘황찬란 초록 광휘는 나무들과 땅이 어제 종일 내린 비를 빌려 실컷 운 때문이다. 울고 난 뒤의 개운함을 사물들은 저리 알뜰, 살뜰하게 표현 하고 있는 것이다. 오, 위대한 자연의 눈물이여, 정화의 정 령이여!

179

밀양에서의 일을 마치고 KTX를 타고 상경 중이다. 과연
광속 시대의 기차답게 속도가 빠르다. 차창 밖 빠르게 다가
온 풍경들이 순식간에 뒤로 사라진다.

흔히 아날로그 세대로 명명되는 내 몸속에는 전근대와 근
대와 탈근대의 정서가 혼재되어 있다. 나는 등잔불 밑에 엎
드려 숙제를 했고 비포장도로를 걸어 학교를 오갔다. 자라서
는 기차를 타고 대처에 나가 온갖 근대문명의 이기를 경험했
다. 지금은 디지털 문명 기기에 빠르게 적응하기 위해 자기
완결을 향한 진화를 거듭하고 있는 중이다.

사회학적 용어로 우리 같은 세대를 경계인이라 한다. 어디
에도 소속되지 못한 채 두루 여러 시대에 걸쳐져 있는 정신
상태로 불안정한 정체성을 지니고 살아가야 하는 세대. 그리
하여 까닭 모를 불안이 영혼을 잠식하는 세대.

KTX에 앉아있는데도 불쑥, 황소의 금빛 울음이 튀어나오
고 까까머리 시절 바라만 보아도 가슴이 두근거리던 능금
빛 우체통이 불쑥, 떠오른다. 몸은 똑바로 걸어도 마음은 자

주 비틀거린다.

180

　외롭지 않으면 창작이 어렵습니다. 혼자 있는 시간을 자주 가져야 합니다. 외로움이나 혼자 있는 시간을 두려워하는 이는 사유가 찾아오지 않습니다. 시적 사유는 외로움을 발효시켜야 가능합니다. 시 창작 수업 시간에 내가 곧잘 수강생들에게 들려주는 말이다. 그런데 이 말이 부메랑으로 되돌아와 나를 곤혹스럽게 할 줄이야? 식구들을 떠나 독거에 든 지 일주일이 지났다. 낯선 환경에 몸과 마음이 무척이나 당혹해한다. 도맡아 하던 집안일에서 놓여나니 주체하기 힘들 정도로 시간이 남아 돌아간다. 평소의 로망이 현실화되었는데 그 로망을 나는 즐기지 못하고 있다. 혼자 있는 게 싫다. 그게 싫어서 보지도 않을 거면서 TV를 켜놓고 침대에 누워 멀뚱멀뚱 천장이나 쳐다보고 있다. 거드름 피우며 잘난 체했던 내가 쑥스럽고 계면쩍다. 하지만 첫술에 배부르랴? 좀 더 참고 인내하면 혼자 사는 삶에 곧 익숙해지리라. 혼자서도 잘하는 게 어찌 아이들뿐이겠는가?

181

모든 경우가 그러하듯이 이기주의자에도 여러 유형이 있다. 난 감정 이기주의자이다. 기복이 심하고 심한 기복 때문에 판단이 흐려질 때가 많다. 이 지독한 이기주의가 나를 파멸로 이끌고 있다. 훗날 신 앞에서도 나는 감정의 수족이 되어 함부로 목청 높일 것이다.

182

수컷의 운명은 장엄한 비극으로 종결된다네.

어느 날 나는 화면 속에서 초원을 호령하던 수사자가 노을을 배경으로 무리를 등지고 서서히 사라지는 장면을 본 적이 있었네. 나는 그 사자의 뒷모습에서 나의 멀지 않은 미래를 읽었네. 무대에서 열연을 마치고 분장을 지운 배우의 민낯 같은 쓸쓸하고 처연한 감정이 뭉클 맨살에 와닿고 있었네. 수컷의 비극적 운명은 누구도 피할 도리가 없다네. 그러므로 수컷이여, 가자, 가서 장렬하게 산화하자. 오늘은 노구를 이끌고 어디에 가서 술을 구할까? 물의 불로 온몸을 태우러 가자!

183

감나무에

홍시 몇 알

겨울나는 까치들에게

밥으로 남기어 놓듯

밭고랑에

감자 몇 알

들짐승들 요기로

묻어두던

촌부의 마음이여!

184

보리밭이나 밀밭을 흔드는 바람이 좋고 꽃잎에 매달려 잉잉거리는 바람이 좋고 주술적 리듬으로 풀잎들 눕혔다 일으키는 바람이 좋고 풍경을 잡아채 맑은 소리 흘려보내는 바람이 좋고 도라지꽃이나 장다리꽃 만나고 오는 향내 나는 바람이 좋고 냇가나 강가 물보라 일으키는 바람이 좋고 길바닥 검은색 비닐봉지를 툭툭 차대는 장난기 많은 바람이 좋고 그리고 무엇보다 네 몸 안쪽에서 불기 시작하여 바깥의 나를 흔들어대는 풍로같이 뜨거운 바람이 좋다

185

개펄이 바다에게

내 몸이 이토록 속 깊이 부드럽고 연하고 찰진 것은
하루에 두 번씩이나 네가 날 뜨겁게 안아주기 때문이야

186

진정한 사랑은 상대의 신체기관 속에 때 묻지 않은 최초의 말들을 무한 생성시키는 마력을 발휘한다. 그리하여 그렇게 우후죽순 태어난 말들은 아직 정제되지 않은 상태로 바깥을

향해 돌출하려는 충동에 휩싸이게 된다. 마주한 상대의 얼굴
이 벌게지는 것은 이 때문이다.